《ならば、やはり戦力が足りん。少なくとも俺やイリスと同等の戦力が一人は欲しいな》

「ウサギ師匠たちと同等って言いますと……他の『聖《せい》』ですか？　でも俺たちに協力してくれるんでしょうか……」

実際『堕聖《だせい》』として、『拳聖《けんせい》』や『槍聖《そうせい》』たちは『邪《じゃ》』に降《くだ》っていたみたいだし……。

しかも『拳聖』は他の『聖』たちに勝負を仕掛け、倒して回っていたのだ。

だが……。

《運がいいと言うべきかは分からんが、一応当てはある》

「そうね……確かにユウヤ君の言う通り、『聖』の数自体は激減したわ。でも、残ってる『聖』がいるのも事実よ。そして、私とウサギはちょうど、その『聖』に会いに行くところだったの」

「そ、そうなんですか？」

《ああ。そいつだけじゃなく、他の『聖』に『邪』が倒されたことを教えてやらなきゃいけなかったからな》

確かに、ウサギ師匠たちはナイトたちがアヴィスを倒した後、そのことを他の『聖』たちに報告しに行かなきゃいけないみたいなことを言ってたな……。

「その『聖』というのは……？」

《──『魔聖《ませい》』だ》

＊＊＊

優夜《ゆうや》たちが地球でドラゴニア星人を退けたころ、異世界では新たな動きがあった。

「──復活の時は近い」

人も寄り付かず、魔物も存在しない世界の果て──【世界の廃棄場】。

そこはかつて、優夜たちが倒した『邪』の活動拠点であり、本来は人が存在しない場所だった。

だが、今の【世界の廃棄場】には無数の人の集団が存在している。

彼らは一様に黒いローブを身に着け、フードで顔を隠していた。

そんな中、ひと際《きわ》豪華なローブに身を包んだ一人の男が、手を広げ、雄弁に語る。

「愚かな人間どもは我らの神が死んだと思っているようだが……それは違う！　我らの神は今、新たな力を持って目覚めるのだ！」

「そうだ！」

「我らの神は不滅だ！」

どこまでも狂信的なその集団からは、負の感情……『邪』に近い気配が放たれていた。

り返る。
周囲の信徒たちの言葉が過熱する中、リーダー格の男が手を挙げると、一瞬にして静ま
彼らはまさに、その『邪』を唯一絶対の神として信仰している集団だったのだ。

「我が同胞の怒りは痛いほど分かる……奴《やつ》らは我らの神を傷つけ、滅ぼした気でいる。しかし！　奴らは考えもしなかっただろう。かつて同じように我らの神を滅ぼした賢者の技術によって、我らの神が復活するとは！」

そう叫びながら突き上げられた男の手には、一枚の紙が握られていた。

「『時を入れ替える魔法』……フフフ。このような魔法が存在するとはな。この魔法を使えば、過去に存在した我らの神を復活させることができる！」

「おお！　教祖よ！　今すぐその魔法を使いましょう！」

次々と魔法の使用を訴える信徒たち。

しかし、教祖と呼ばれた男はそんな信徒たちを宥《なだ》めた。

「まあ待て。確かに今すぐこの魔法を使いたいところだが……忌々《いまいま》しいことに、代償を必要とするようだ」

「代償ですか？　どんな代償であろうとも、我らは必ずや払ってみせます！」

「うむ。だがそう焦《あせ》るな。この魔法は、この時代の一人の人間を、入れ替えたい過去の時

代の存在と入れ替えることで成立するのだ」

「それならば、我らの中の誰かと……！」

信徒が我先にと神の復活のための犠牲として手を挙げる中、教祖は笑う。

「我が同胞を犠牲にする必要はない。すでにその対象には目星をつけてある」

「そ、それはいったい？」

「何、簡単なことよ……我らの神を滅ぼした存在を使うのだ」

教祖の言葉に、信徒たちは目を見開いた。

「忌々しき賢者の遺した魔法は、先ほども言った通り過去の存在と今の存在を入れ替える魔法だ。そして今回、再び賢者の時と同じく、我らの神は倒されてしまった……我らの神は究極完全態となり、今の時代に存在している『聖』どもでは倒せないはずだったにもかかわらずだ」

「で、では、一体誰が我らの神を？」

「詳しいことは分かっていないが……我らの神は【大魔境《だいまきょう》】に向かい、倒された。そして、それと近い時期にアルセリア王国ではとある噂《うわさ》が流れていた。それは、あの【大魔境】に人が住んでいるという噂だ」

『⁉』

教祖の言葉に、その場にいた全員が目を見開いた。

それほどまでに【大魔境】とは危険な場所であり、そこに人間が住んでいるなどとても信じられなかったのだ。

「諸君の驚きはよく分かる。かく言う私も信じられなかったが……どうやらその【大魔境】に住んでいるという人間はアルセリア王国の第一王女と親交があるらしい。そのため か、第一王女が度々【大魔境】に少数の護衛を引き連れ、向かう姿が確認されている。あの【大魔境】に……ここまでくれば、あそこに何者かが住んでいるのは間違いないだろう」

「な、ならば、その者が、我らの神を滅ぼしたというのですか？」

「……考えられるな」

教祖の言葉に沈黙する信徒たち。

当然『邪』こそ最強かつ至高の存在だと信じて疑わない信徒たちだったが、【大魔境】はそれでもなお危険な場所として認識していたのだ。

そこに住む存在など普通なわけがない。

だが……。

「だからこそ、その存在を使おうと思う」

『！』

不敵に笑う教祖に、信徒たちは目を見開いた。

「もし、その存在が我らの神を倒したのだとすれば、我らが再び神を復活させたとしても、障害となる可能性は大いにある。だが、その存在を生贄《いけにえ》に、我らの神を復活させれば？」

「それは……もはや我らの悲願を阻《はば》む者はいなくなりますな！」

信徒たちは教祖の言葉に目を輝かせた。

「その通りだ。だが、そのためには【大魔境】に住んでいる人間の正体を探らねばならぬ……危険な道のりだろうが、力を貸してくれるな？」

『ハッ！　我らの神のために……！』

――こうして、優夜たちの知らない場所で、新たな思惑が動き始めたのだった。

＊＊＊

一方レガル国では、国王のオルギスが、家臣たちの集まる重要な会議で、とある決定を下した。

「……【国王議会】を開くぞ」

「陛下⁉」

オルギスの発言に驚く家臣たち。

オルギスの告げた【国王議会】とは、文字通り世界中の国王が集まって開かれる会議のことだった。

世界中の国王を集めるという、非常に大きな規模の会議であるため、本来そう簡単に開くことはできない。

他国に対して侵略的な姿勢をとっている国々も存在するため、下手な内容で開こうものならレガル国の立場が悪くなり、最悪、多くの国から集中砲火を浴びる可能性もあった。

それでもなお、オルギスが議会を開こうとしたのには理由があった。

「皆も知っての通り、我らの国に完全態となった『邪《じゃ》』が襲来した。そして『剣聖《けんせい》』のイリス殿や、『蹴聖《しゅうせい》』のウサギ殿まで、あの完成された『邪』には手も足も出なかった……もはや、我々だけで対応できる状況ではない」

「そ、それは……」

「し、しかし、それでは他国にマイ殿の存在を知らしめることになりますぞ！」

――――『邪』が優夜たちによってすでに滅ぼされていることを知らないオルギスたちは、議論を白熱させていく。

家臣の一人の言う通り、レガル国は世界中で禁止されている賢者が遺した技術を使い、異世界から舞《まい》という存在を召喚していた。

そして、オルギスの言う通り、『邪』に対抗すべく、他の国々の協力を得るには、舞のことを話さないわけにはいかない。

たとえ『邪』に対抗するために仕方ないことだったとしても、それが非難されることは目に見えていた。

――ただ、その対抗すべき相手である『邪』はすでに倒されているため、どれだけ真剣に話し合おうと、『邪』は存在していない。

いるのは邪獣《じゃじゅう》だけだ。

それを知らないオルギスは険しい表情を浮かべながらも、しっかりと頷《うなず》く。

「初めから、我は覚悟を決めておる。他国から非難されようとも、我は受け止めよう。我らが責められるだけで世界が団結するのであれば、安いものだ」

「陛下……」

「……皆には迷惑をかける。本来、すべての非難は我だけが受けるべきなのだが……」

「いいえ、陛下。陛下が下された決断に、我らも賛同したのです。国民には悪いことをしたと思いますが、こうしなければ我が国は……いえ、人類は終わってしまいます！」

一人の家臣に同調するように、他の家臣たちも真剣な表情で頷いた。

アヴィスという強大な力を目《ま》の当たりにしたからこそ、『聖《せい》』というこの世界の力だけでは対応できないと、この場にいる全員がはっきりと理解しているのだ。

――ただ、その対応すべき相手であるアヴィスは、もはやこの世に存在しないのだが。

家臣の顔を一人一人見渡したオルギスは、しっかりと頷いた。

「皆……感謝する。ならば、早速行動に移すとしよう。最近は『邪』を崇《あが》める教団の動きも活発化してきたからな……」

「……前々から不穏な存在ではありましたが、ついにですか」

オルギスの語る教団とは、『邪』を信奉する集団だった。

彼らがこれまでにテロ活動のようなものを行ったことはないが、それでも現状、アヴィスという究極完全態の『邪』が生まれた以上、何をしでかすか分からないため、より一層の警戒をする必要があった。

――何度も言うが、アヴィスはすでに死んでいる。

つまり、彼らは今、存在しない相手に対して、とても真剣に話し合っていた。

オルギスの指示を受けた家臣が、すぐさま各国に手紙を届けるべく動き始めると、オルギスは椅子に深く沈む。

「『邪』のことに、マイ殿のこと……伝えねばならぬことが多いな。なかなか信じられないことばかりだが、事情を知っているレクシア殿に参加してもらえれば事態もまた変わるだろう。【国王議会】の場に王女を招くのは異例ではあるが……今は仕方あるまい」

オルギスは頭の中でこれからの計画をすぐに組み立てると、レクシアの帰還を待つのだった。

＊＊＊

〈――へ、陛下！　第三部隊隊長のドラード様が帰還いたしました！〉

〈通せ〉

優夜との戦闘に敗れ、撤退した第三部隊。

その隊長であるドラードは、帰還中も船の中で治療を受けていたが、それでも母艦ほどすぐれた設備があるわけではなかったため、傷は完治していなかった。

それでも優夜という脅威が存在することをいち早く伝えるため、ドラードはすぐにドラゴニア星人たちの王、ドラコ三世の元へ向かった。

ドラコ三世のいる部屋まで通されたドラードは、そのまま前に進み出ると、すさまじい勢いで平伏する。

〈陛下……この私に罰をお与えください……！〉

〈……〉

前置きもなく、そう告げるドラードに対し、ドラコ三世は冷徹な視線を向けると、ゆっくり口を開く。

〈何があった〉

〈はっ……陛下のご命令を受け、すぐにエイメル星人が潜伏しているという辺境の星まで向かいました。そして、対象のエイメル星人と戦闘することになったのですが……ヤツの協力者と戦うことになり……敗北いたしました……〉

〈協力者だと？〉

ドラコ三世は微《かす》かに眉を吊《つ》り上げる。

〈この宇宙に、エイメル星の他に我々に歯向かうような愚行を犯す連中がまだ存在していたのか？　それとも、すでに恭順の意を示している連中が、隠れて戦力でも蓄えていたのか？〉

〈い、いえ、それが……私たちはその対象であるエイメル星人が潜伏していた惑星の人間に敗れたのです……〉

〈なんだと？〉

ドラコ三世はドラードの報告に耳を疑った。

もはやエイメル星以外の全宇宙を支配していると思っていたため、エイメル星以外に脅威となる存在がいるとは思っていなかったのだ。

もちろん、メルルが地球に潜伏していると分かった段階で、地球の調査も行っており、地球程度の技術力やそこに住まう人間たちの戦闘力では、ドラゴニア星人が負ける要素はないことも分かっていた。

だからこそ、その星の人間にドラードがやられたということが信じられなかったのである。

〈にわかには信じがたいな。まさか、エイメル星は新たな兵器の開発に成功したとでもいうのか？〉

ドラゴニア星人が知らない新たな兵器をエイメル星人が生み出し、それを地球人が使用したことで、ドラードが敗れたと考える方が、ドラコ三世はまだ信じられた。

しばらく黙り込んだドラコ三世だったが、再びドラードへと視線を向ける。

その視線を肌で感じ取ったドラードは、さらに身を竦《すく》ませながら、額を地面にこすりつけた。

〈わ、私への処罰はいかようにも！〉

〈貴様の意思などどうでもよい。本来ならば消えてもらうところだが……ここで戦力を減少させるわけにはいかん〉

〈……〉

〈貴様は我らドラゴニア星人の中でも特に武勇に秀《ひい》でていた。そんな貴様が敗れたとあっては、我が国の士気にも関わる。だが、それと同時にエイメル星人への協力者とやらも野放しにはできん。貴様は一度傷を癒し、第三部隊は一刻も早く、そのエイメル星人と協力者とやらを捕獲しろ！〉

〈はっ！　寛大なご処置、感謝いたします……！〉

ドラードは今一度深々と頭を下げ、部屋から退出すると、虚空《こくう》を睨《にら》みつける。

〈待っていろ……この傷の借りは、必ず返す……！〉

――こうして、様々な思惑が動き始めるのだった。

第二章　地球観光

「あの……本当に良かったんですか？」

「もちろんよ！」

あの後、ウサギ師匠が『魔聖《ませい》』と呼ばれる人を仲間に勧誘するべく、異世界へと帰っていった。

そもそもウサギ師匠は、元々『邪』をナイトたちが倒したことを他の『聖』やその弟子たちに伝える途中だったわけで、それにイリスさんも同行していたのだ。

その道中、レクシアさんたちと偶然合流し、そこで神楽坂《かぐらざか》さんから俺の話を聞いたため、真実を確かめるために異世界の賢者さんの家にやって来たところ、ちょうど地球で俺がドラゴニア星人たちと戦っていたので、参戦することになったのだ。

そんなわけで、ドラゴニア星人をいったん退けた今、再び『聖』の人たちに事情説明をしに向かう必要があったのだが、それにイリスさんはついていかず、ここに残っていた。

しかも――――。

「へぇ！　ここがユウヤ様の家なのね！」

「随分と私たちの世界とはつくりが違うな……マイ、これがこの世界では一般的な家のつくりなのか？」

「まあそうね。ちょっと物が少ない気もするけど……」

イリスさんだけでなく、レクシアさんたちもここに残っているのだ。

元々この地球出身の神楽坂さんが残っているのは不思議ではないのだが、レクシアさんのような一国の王女がこんな場所にいていいんだろうか？

ついこの場にいない、レクシアさんの護衛の一人であるオーウェンさんのことを思い出しつつ、そう考える。

すると、イリスさんは真面目な表情で告げた。

「実際、そこの……メルルさんだったかしら？　ユウヤ君から聞いた彼女のことを考えると、またこの場所が狙われる心配もあるわ。でも、今のユウヤ君はさっきの戦闘でのダメージも回復してないし、そうなると戦力的に不安なはずよ。だから私たちが残ったわけよ」

「な、なるほど……」

「そうよ！　だからユウヤ様は心配しないで！」

「……まあレクシアに何ができるかは分からんが、私は私なりに手を貸そう」

「ちょっとルナ⁉　私だってやるときはやるんだから！」

「みんな……ありがとうございます」

俺たちのことを心配してくれて、手助けしてくれるというレクシアさんたちに向けて、俺は頭を下げた。

するとその様子を見ていたメルルも、俺に合わせて頭を下げる。

〈私からも……本当にありがとうございます〉

「ちょっと、頭を上げて！　私たちがユウヤ君を助けたいから手伝ってるだけよ。それにしても……改めてメルルさんの格好を見ると不思議ね。ユウヤ君の世界のものも私たちの世界にないものばかりだけど、それとはまた違った意匠というか……言語も違うから、意思疎通をするのが少し大変だけどね」

イリスさんがそう口にしたので、俺はふとメルルさんに訊《き》く。

「あの、今イリスさんがメルルさんの言葉が分からないから大変だって言ってたんですが、エイメル星の技術で何とかして言葉を伝えることはできませんか？」

〈ユウヤさんには通じていたので、今まで気にしていませんでしたが……確かにそうですね。少しお待ちください〉

メルルさんがそう言いながら左手に装着された端末を操作すると、しばらくして電子音が流れた。

〈……たった今、私の星の言語情報をこの場にいる皆さんに送りました。どうでしょう？〉

すると、メルルさんの言葉に反応し、イリスさんやレクシアさんたちだけでなく、今まで一緒にいたユティも驚いていた。

「驚愕《きょうがく》。急にメルルの言葉が分かるようになった」

「これは……魔法、とは違うみたいね。だって魔力を感じなかったし……」

レクシアさんとルナも驚いているようだったが、何気に一番驚いていたのは神楽坂さんだった。

「ウソ、さっきの端末を操作しただけで言葉が分かるようになるの？　滅茶苦茶《めちゃくちゃ》便利じゃない！　それがあれば英語のテストで赤点をとることもなくなるじゃない……！」

「え？」

「あ、な、何でもないから！　今聞いたこと忘れなさいよ⁉」

「は、はい」

顔を真っ赤にしてそう告げる神楽坂さんに、俺はただ頷《うなず》くことしかできなかった。

そんなやり取りをしていると、今まで興味深そうに家の中を見ていたレクシアさんが声を上げる。

「ねぇねぇ、ユウヤ様！　私、ぜひユウヤ様の住む世界を見てみたいわ！」

「ええ!?」

「あら、それは私も気になるわ」

「そ、それは……」

「おい、レクシア。あまりユウヤを困らせるな……まあ気にならないと言えばウソになるが」

「ルナもか……」

だが、レクシアさんの言う通り、この世界のことが気になるという気持ちも分かる。

ユティやオーマさんの時もそうだったしな……。

すると、イリスさんは少し真面目な表情で続けた。

「もちろん、興味本位ってのもあるけど、もしまたあの連中がここを襲って来た時のために、周囲の状況を把握しておきたいってのもあるのよ。まああの時はどうやら妙な空間に隔離されてたみたいだけど、毎回そういうわけにもいかないでしょ？」

「な、なるほど」

そう言われれば、そうなのかなと思うが……詳しいことは俺には分からない。

なんせ、色々なことに巻き込まれ、戦うことになったとしても、俺自身は別に戦いのプロじゃないからだ。

「分かりました。皆さんに地球を案内するのは問題ないんですが……」

「どうかしたのかしら？」

俺がつい言いよどむと、イリスさんたちは首を傾《かし》げる。

ただ、俺の言いたいことが分かった神楽坂さんが代弁してくれた。

「えっと……レクシアたちの格好が問題なのよね」

「ええ⁉　わ、私たちの格好？」

「そう。地球にはそんなお姫様みたいな姿をした人はいないからね」

神楽坂さんの言う通りなのだ。

レクシアさんは多少動きやすい服装にはなっているものの、それでもドレスっぽいことには変わりなく、ルナの格好もドレスほど浮いてはいないが、コスプレしている人と思われそうな意匠だ。

そしてイリスさんも、ルナに似たコスプレ感を地球では感じてしまう上に、腰には立派な剣が下げられている。

「それに……レクシアさんたちの格好は着替えればいいのかもしれませんが、イリスさんの剣は確実にダメですからね……」

「ええ⁉　剣がダメってどういうことよ？　もしそんな状態で襲われたらどうするつもり？」

「えっと……俺たちの世界は皆さんの世界ほど危険はないので、武器を持ち歩く必要がないと言いますか……」

もちろん完全に安全な場所というわけではないが、それでも異世界に比べれば日本の治安は格段にいい。まず魔物みたいな問答無用で殺しに来る存在がいないわけだし。

俺と神楽坂さんの言葉を聞いたイリスさんたちは、信じられない様子で驚いていた。

「そんな……武器を持ち歩かなくても大丈夫な世界だなんて……」

「ちょっと信じられないな……」

「でも、それを聞いて少し分かったわ。この世界にきて、少し周りを探ってみたとき、周囲にユウヤ君ほど強い気配を放つ人間がいないなって思ったけど、ユウヤ君だけが特別なんじゃなくて、この世界そのものが平和だから、強い気配がなかったのね……」

「ま、待って！　それじゃあ、私たちはユウヤ様の世界を見て回れないの⁉」

「う、うーん……正直、レクシアたちは目立つだろうから、どうなるか分からないけど……服装さえ何とかなれば、少しはマシになる、のかな？」

神楽坂さんは何とも言えない表情を浮かべつつそう言うが、確かにレクシアさんたちって目立ちそうだもんな……。

レクシアさんは王女としての気品があるし、ルナとイリスさんはそれぞれ別のオーラみたいなものを感じる。

「それなら……マイ！　私たちにこの世界の服を用意してくれる？」

「ええ⁉」

「そうすれば、晴れてユウヤ様の世界を見て回れるでしょ？　だから、お願い！」

そう頼まれた神楽坂さんは困惑したものの、レクシアさんの懇願するような視線と、イリスさんとルナの期待する視線に押し負け、頷いた。

「わ、分かったわよ！　でも、別に私はファッションのこととか詳しくないから、買ってきたものに文句言わないでよ⁉」

「ありがとう、マイ！　もちろんよ！」

レクシアさんは大きく喜ぶと、そのまま神楽坂さんに抱き付いた。

「まったく……それじゃあ服のサイズとか調べる必要があるし……ちょっとアンタ、この部屋から出ていって」

「は、はい！」

神楽坂さんの言葉に頷くと、俺は慌てて部屋から退散するのだった。

＊＊＊

――どうしてこうなった？

「それじゃあ、ユウヤ君！　アナタはまだ回復してないんだし、ゆっくり休んでてちょうだい！」

「ユウヤ様！　私の手料理、待っててね！」

「……ユウヤ、安心しろ。今回は私だけでなく、イリス様もいらっしゃるからな。二人でレクシアのことを制御できれば……すまん、無理かもしれん……」

「諦めないで!?」

現在、どういう状況かと言うと、皆《みんな》で地球を観光するために、レクシアさんたちの服を用意するべく、それぞれのサイズを測った神楽坂さんが買い物に出かけたところだ。

いきなり三人分の服を買うとなると、それなりの出費にはなるが、そこは俺が異世界で手に入れたアイテムを【異世界への扉】の機能で現金に換金していたため、そのお金を使うことでなんとかなった。

そんなわけで、三人の服を神楽坂さんが買いに出かけると、何とイリスさんが俺の代わりに家事をしてくれると言ったのだ。

「弟子であるユウヤ君の世話は、師匠である私の役目よ！　ユウヤ君はしっかり休んで、今はお姉さんに任せなさい！」

確かにドラゴニア星人の部隊長であるドラードとの戦闘による疲労はまだ抜けていないため、その申し出はありがたかったものの、さすがに申し訳なくて断ろうとした。

だが、そこでレクシアさんが声を上げたのだ。

「イリス様、待ってください！　それなら私がユウヤ様のお世話をします！　そうですね、まず初めに手料理を……！」

「あら、それこそ私に任せて。前にもユウヤ君には私の料理を食べてもらったし、当然ユウヤ君は美味《おい》しいって言ってくれたんだから」

「なんですって⁉　わ、私だってまだユウヤ様に料理を作ったことないのに！　今回は私が料理を作ります！」

イリスさんの言葉に触発され、やる気を見せるレクシアさんを見て、ルナも慌てて声を上げた。

「ま、待て！　レクシアがするというのなら、私もやるぞ！　コイツに任せるとどうなるか分かったものではない！　……ま、まあ、ユウヤの世話をしたい、というのもあるが……」

全員が、俺のために何かをしてあげたい……そう思ってくれることに本当に感謝していると、不意に可愛《かわい》らしい音が聞こえてきた。

その音の方に視線を向けると、ユティが真顔で俺たちを見ている。

「空腹。美味しいご飯を所望する」

『そうだな。我も腹が減ったぞ』

今まで興味なさそうに寝ていたオーマさんも欠伸《あくび》をしつつ、そう告げたことにより、本格的に三人の調理がスタートすることになるのだった。

ひとまず三人を俺の家の台所まで案内したのだが、そこに置いてあるすべてのものが、三人にとって不思議だったらしい。

「こ、これは……つまみを回すだけで火が出る上に、火力の調整もできるの⁉」

「こっちはただ捻《ひね》るだけで水が出ますよ！　しかもお湯まで！」

「な、なんだ、この箱は……中が冷たいぞ⁉」

「で、でも、どれも魔力は感じないわね……まさか、魔力を使わずに動いているの……⁉」

それぞれコンロと水道、冷蔵庫に驚く三人。

俺からすればありふれたものばかりだが、異世界の面々から見ればどれも新鮮で不思議なんだろう。

俺も魔法を初めて見たときはビックリしたもんなぁ。

家にあるものに驚く三人を俺の隣で眺めていたメルルさんはボソリと呟《つぶや》いた。

〈興味深いですね……あれだけの力を持っているのに、このレベルの科学技術で驚くとは……〉

「あっちの世界とは、そもそも技術の種類が違うからだと思いますよ」

メルルさんたちの技術は、もちろん比較にならないくらい規格外だけども。

そんなことを考えていると、ある程度台所のことを把握したらしく、家にあったエプロンを身に着けたイリスさんが、調理に取り掛かり始めた。

「香辛料はたくさんあるし、これなら何でもできそうね。それじゃあ――【薄明《はくめい》斬《ざん》】！」

「い、イリス様⁉」

前回と同じく調理に『剣聖《けんせい》』としての技を惜しみなく使うイリスさんに、レクシアさんとルナは目をむいて驚いていた。

だが、そんな二人の様子を気にもせず、次々と技を繰り出し、下処理をしていく。

〈……本当に、あれだけの剣技を、どうして料理に……〉

メルルさん。それ、俺にも分からないんですよ。

相変わらず素晴らしい剣筋で食材を捌《さば》いていく様子に、レクシアさんも見惚《みと》れていたが、すぐに正気に返った。

「はっ⁉　こ、こうしちゃいられないわ！　私も始めないと……えい！」

〈⁉〉

「⁉」

レクシアさんが包丁を振りかぶり、勢いよく振り下ろした瞬間、包丁が俺とメルルさんの真横を一瞬にして通り過ぎていった。

二人で恐る恐る背後を振り向くと、壁に突き立つ包丁が。

「あら？　包丁はどこに行ったのかしら？」

レクシアさんのそんな純粋な声を耳にしつつ、俺は恐る恐る尋ねる。

「その……レクシアさん？　あれから料理は……」

「もちろん、ちゃんと学んだわ！　でもおかしいのよねー。何故《なぜ》か城の料理人たちは私に料理を作らせたがらないのよ。まあ私が優秀だから、皆恐れおののいているのね！」

「……ユウヤ、すまん。私では止められそうにない……！」

「ちょっとルナさん⁉」

そこで諦められたら非常に困るんですが！

ルナがダメなら俺が……！　といった感じで俺も手伝おうとするのだが、レクシアさんは頑《かたく》なに手伝わせてくれない。

「ユウヤ様！　これは私がやらなくちゃダメなの！　それに、前の時も結局作らせてくれなかったし……ここで私の腕を見てもらうんだから！」

「あら、レクシアちゃんも料理するのね？　いいわ、どっちがユウヤ君の胃袋を掴《つか》めるか勝負よ！」

「イリスさん⁉」

そんな煽《あお》るようなことを言ったら――――。

「ユウヤ様の胃袋を……ええ、その勝負、乗ったわ！　イリス様には負けないんだから！」

「私だって、王女が相手だからって手加減しないわよ？」

「望むところ！」

案の定、レクシアさんはイリスさんの言葉に触発され、より一層張り切った様子で料理を始めてしまった！

「ルナ！　二人を止めてほしいんだけど――――」

レクシアさんたちの様子を見て、最後の頼みの綱であるルナに視線を向けると、そのルナもやる気に満ちた表情を浮かべていた。

「フフフ……そうか、そういうことならば、私も遠慮はしない！」

「る、ルナ？」

「ユウヤ！　私も料理を作るから、楽しみにしておけ！」

「えええええ!?」

レクシアさんを止める側に回ると思っていたルナも、ここにきて料理宣言をしてきた！

しかも、イリスさんと同じように食材を空中に放り投げると、愛用の武器である糸で切り刻んでいく。

「【無双乱舞《むそうらんぶ》】！」

「えいっ！」

「はあっ！」

周囲に食材が舞い、時には調理器具が宙を舞う三人の料理。

〈……〉

「……」

俺とメルルさんは、静かに台所を立ち去るのだった。

＊＊＊

身の危険を感じ、台所から退散した俺は、ナイトたちと戯《たわむ》れ、疲れを癒していた。

すると、何故か体中に黒い焦げがついたレクシアさんが笑顔でやって来る。

「ユウヤ様、できたわよ！」

「えっと……その焦げは……？」

「ああ、これ？　心配しないで！　ちょっと失敗しちゃっただけだから！」

ちょっと……？

その先が恐ろしくて訊《き》けない俺だったが、特に爆発音とかは聞こえなかったし、悲惨なことにはなってないだろう。

レクシアさんの後ろでルナが精根尽き果てたように真っ白になっているが、大丈夫に違いない。そうであってください……！

「あ、ナイトたちにもちゃんと用意してるから、安心してね！」

「わ、わふ……」

「フゴ」

「ピ？」

ナイトは俺と同じくどこか困惑した様子を見せ、アカツキはレクシアさんの様子から何かを悟ったのか、もはや菩薩《ぼさつ》のような心穏やかな表情を浮かべている。

シエルはまだ理解できていないのか、不思議そうに首をひねっているが……ま、まあ大丈夫だろう……！

『ふわあ……ようやくできたか。全く、待たせおって……』

「限界。お腹《なか》が鳴りやまない」

オーマさんとユティは、レクシアさんの様子を最初から気にしてないようだ。すごいな……。

俺とメルルさんは二人で顔を見合わせ、覚悟を決めると、食卓まで移動する。

すると、イリスさんがすべての食器類を用意して待ってくれていた。

元々、この家にはおじいちゃんとおばあちゃんが二人で住んでいたのだが、おばあちゃんが亡《な》くなってからはおじいちゃん一人で暮らしていた。

そんなところに俺がよく遊びに来ていたのだが、その際、おじいちゃんが俺と一緒に食事をするためと言って、大きなテーブルを買っていたのだ。

二人で食事をするには大きすぎるテーブルだと当時は思っていたが、おじいちゃんはいつか俺の友達が泊まりに来たときにと言って、わざわざ用意してくれていたのだ。

おかげで、俺とユティにプラスして、イリスさんとレクシアさん、ルナにメルルさんという大人数で食卓を囲むことができた。

ちなみに、オーマさんやナイトたちには専用の皿とランチョンマットがあり、いつもそれを使ってご飯を食べている。

「あ、来たわね」

「すみません、ここまでしてもらって……」

「いいのよ！　言ったでしょ？　弟子の世話は師匠の役目だって。ただ、ちょっとレクシアちゃんの料理が独創的で、色々大変だったけどね」

イリスさんは調理の時を思い出しているのか、どこか遠い目をしながらそう告げた。あ、あの『剣聖』にそこまで言わせるなんて、どんな料理をしたんですか、レクシアさん……！

まあイリスさんの調理法もだいぶ独創的ではあるんですが。

そんなことを思いながら席に着くと、その瞬間、イリスさんとレクシアさんの瞳が鋭く光った。

「ユウヤ君、隣いいかしら？」

「ユウヤ様！　隣失礼するわね！」

「え？」

同時に告げられた言葉に驚いていると、レクシアさんとイリスさんは微笑《ほほえ》みを浮かべながら向き合う。ただ、お互いに笑っているはずなのに、その様子はどこか恐ろしい。

「レクシアちゃん？　ここはユウヤ君の師匠である私に席を譲るべきだと思うの」

「いえいえ、イリス様。私はユウヤ様と大変仲良くさせてもらってますし、何なら結婚を申し込んだような仲ですから！　ここは私がユウヤ様の隣に座ります」

「いや、待ってくれ。レクシアとイリス様で決まらぬなら、ここは間をとって私が――」

「ダメ！　ルナにも渡さないわ！」

「ちょ、ちょっと待ちなさいよ！　今、けけけ結婚って言った⁉　ゆ、ユウヤ君！　いったいどういうことよ⁉」

「ええ⁉」

色々とカオスな状況下で、まさかこっちに飛び火してくるとは思わなかったので、つい驚いてしまう。

確かにレクシアさんと初めて会った時、いきなり結婚を申し込まれたけど、結局あれは吊《つ》り橋効果みたいなものだったんだろうし、今はお友達として接している……はずだ。

そもそも俺のような一般人が王女であるレクシアさんと釣り合うわけがない。

「そ、そんな……で、でも、ユウヤ君の様子を見るに、その申し込みは失敗に終わったんじゃないかしら？」

「うぐっ⁉」

「ふふ、図星みたいね？　ちなみにだけど、私はユウヤ君の裸も見たことがあるのよ！」

「「ええええええ⁉」」

「イリスさあああん⁉」

言い方！　それ、とんでもない誤解を招きますから！

イリスさんに修行をつけてもらった後、イリスさん自ら俺にマッサージをしてくれて、その時に上半身だけ裸になったのは確かだけども……。

でもそれ、本当に上半身だけですから！　しかも俺から申し出たわけじゃないですし！

イリスさんのトンデモ発言にレクシアさんとルナは驚愕《きょうがく》の声を上げ、メルルさんも目を見開いている。

俺が慌てて誤解を解こうとすると、レクシアさんは涙目になりながら、俺を見つめた。

「──るい」

「へ？」

「──────ズルいわ！　私もユウヤ様の裸見たい！」

「レクシアさああん？」

その発言は色々まずい！

もはや食事どころの騒ぎではなくなってきたところで、何食わぬ顔をしながらユティが俺の隣に座った。

「「あ!?」」

「不毛。早くご飯」

『貴様らの下らぬ争いに付き合わせるな。我たちをいつまで放置するつもりだ？』

「「……」」

ユティだけでなく、若干イラついてるオーマさんの気配に圧《お》され、イリスさんとレクシアさん、そしてルナは、大人しく空いてる席に座った。

それを見て、メルルさんも最後に余った席に座り、ようやく食事を開始したのだが……。

「はい、ユウヤ君？」

「え、えっと……イリスさん？」

何故《なぜ》かすごい笑顔でスプーンを差し出してくるイリスさん。

そのスプーンの上には、今回イリスさんが作った料理がのっていた。

「あの……自分で食べられるんですが……」

「ダメよ！　ユウヤ君はまだ体力が回復してないでしょ？　だから大人しく私にお世話をさせなさい」

「そんなに深刻じゃないですよ⁉」

いくら体力を消耗しているからといって、自分で食事ができないほど疲れてはいない。

しかし、イリスさんはそんな俺の言葉を無視し、スプーンを差し出してくる。

「そんなことはいいから、とにかく食べなさい」

「そんなこと⁉」

「ユウヤ様！　私が作った料理も食べてよね！」

「ええ⁉　ってウッ⁉」

今度はレクシアさんからもスプーンを差し出されたのだが、その上にのっているのは、何をどう調理すればそうなったのか分からない、紫色の謎の物体だった。

しかも、近づけられたスプーンからは冷気が漂っているのに、その上にのっている料理は、気泡が破裂していてマグマのようにも見える。本当にどんな調理したんですか⁉

イリスさんとは別の意味で困惑していると、また別方向からスプーンが差し出される。

「え？」

「……食え。せっかく私が作ったんだ」

恥ずかしそうに頬を染めながら、スプーンを差し出すルナ。

三人のスプーンが俺に迫り、どうすればいいのか困惑する中、その様子を見ていたメルルさんが呟《つぶや》いた。

〈この星……いえ、あの扉の向こうの世界の文化でしょうか？　他者に対して自分の料理の一部を差し出すとは……大変興味深いですね〉

「美味。ご飯美味《おい》しい」

どこまでもマイペースなユティとメルルさんを見て、色々と羨ましさを感じつつ、俺は何とかこの状況を切り抜けられないか、必死に考え続けるのだった。

＊＊＊

「えっと……私が買い物に行ってる間に、一体何があったのよ？」

「……色々あったんです。色々と……」

イリスさんたちの手料理を食べ終え、体を休めるどころか精神的に疲れ切った俺を見て、神楽坂さんは困惑した表情を浮かべた。

ここまで疲れる食事は初めてかもしれない……。

ちなみに、買い物に出かけてくれていた神楽坂さんにも食事は用意してあり、神楽坂さんがそれを食べ終えたところでようやく買ってきた服を見ることに。

「皆に似合いそうな服を買ってきたつもりだから、確認してちょうだい」

「これが異世界の服なのね！」

「これはすごいな……麻や絹とも違う手触りだ……服の意匠も私たちの世界とはだいぶ違うな」

「そうね。何ていうか……あまり動きやすいって感じじゃないわね」

レクシアさんたちはそれぞれ神楽坂さんが買ってきた服を手に、興味深そうに観察している。

言われてみれば、異世界には化学繊維で作られた服なんてないし、こっちの世界では魔物に襲われる心配もないから、動きやすさっていうよりはデザイン優先で作られていることが多い。

ただ、それでも地球の服は見た目以上に動きやすいものもあるし、ジャージや体操服のように動くことが前提の服も存在するので、一概には言えないだろうけど。

　まあ今回はレクシアさんたちが普通に観光できるようにするのが目的なので、地球では一般的なオシャレな服を神楽坂さんに用意してもらった。

「早速着てみるわね！」

「え⁉」

　レクシアさんはそう言うと、いきなり服を脱ぎ始めようとした！

「ちょ、ちょっとレクシア⁉　まだアイツがいるんだから着替えちゃダメよ！」

「え？　何故ダメなの？」

　神楽坂さんが必死に止めると、何故かレクシアさんは不思議そうな表情を浮かべる。

　そんなレクシアさんに対し、ルナは額を押さえた。

「コイツは……マイ、許してくれ。レクシアは王族だからな。普段から人に服を脱がしてもらったりすることに慣れているせいか、あまりその辺に関しての羞恥心がないんだ」

「あー……まあ貴族でも似たような習慣はあるけど、全員がそうじゃないわよ？　レクシアちゃんが特別なのか、父親の教育方針かは分からないけれど、まだそこら辺をちゃんと学んでないんじゃない？」

　ルナとイリスさんの補足に、神楽坂さんは目を見開く。

　父親であるアーノルド様のレクシアさんへの溺愛っぷりを考えると、イリスさんの言葉は嘘《うそ》じゃない気もしてくるが……それでいいんだろうか？

「い、異世界って言うか、王族ってすごいのね……って、そうじゃなくて！　ダメなものはダメだから！　アンタもそこでボケっとしてないで、とっとと出ていきなさいよ！」

「は、はい！」

神楽坂さんの言葉に、俺は弾《はじ》かれたようにその場から退出した。

そしてしばらくナイトたちと触れ合って過ごしていると、神楽坂さんから戻ってきてもいいと許可が出る。

すると……。

「ユウヤ様、どうかしら？」

「何というか……普段着慣れないせいか妙な気分だが、意外と動きやすいな」

「そうね。思ったより動きやすいし……これなら敵に襲われても対応できそうね」

いつもの豪華なドレス姿とは打って変わり、深窓の令嬢といった雰囲気のレクシアさんに、普段見慣れたズボン姿から一転してスカートを穿《は》いているルナ。

そして胸元が大きく開いたシャツを着た、大人の女性といった雰囲気のイリスさん。

全員地球の服をとてもオシャレに着こなしていた。す、すごい……。

「……自分で選んどいてなんだけど、皆《みんな》似合いすぎじゃない？　そこらへんの芸能人じや太刀打ちできないレベルなんですけど」

神楽坂さんの言う通り、それぞれが独特の雰囲気を持っており、トップモデルの美羽《みう》さんと比べても遜色ない、圧倒的なオーラを放っていた。

そんな三人の姿に気圧《けお》されていると、レクシアさんがずいっと顔を寄せてくる。

「それで、どうかしら⁉」

「は、はい。皆さんとても似合ってるかと……」

心の底からそう思っているが、面と向かって褒めるのは気恥ずかしく、何とかそう絞り出すも、レクシアさんは少し不満そうな表情を浮かべた。

「むぅ……もう一声欲しいところだけど……まあいいわ！　それよりも、早速ユウヤ様の住んでる世界を見に行きましょう！」

「ちょ、ちょっと⁉」

「ああ⁉　レクシアちゃんズルいわよ！　ユウヤ君は師匠である私のモノよ！」

「いいえ！　私のモノです！」

「どちらのモノでもないんですけど⁉」

「まったく……この調子で大丈夫なんだろうか……」

ルナのため息を背中で受けつつ、俺はレクシアさんとイリスさんに腕をとられ、そのまま地球の家の外へと繰り出していくのだった。

＊＊＊

「す、すごい……！」

「本当に魔力が一切ないのね……」

「武器を持ち歩く人間もいないとは……」

家を出てすぐ、道行く人々や街並みを眺め、レクシアさんたちは呆然《ぼうぜん》としていた。

ちなみに今回の観光に、ナイトたちやメルルさんはついて来ていない。

てっきりオーマさんはついでについてくるかなと思ったが、レクシアさんたちといると騒がしいということで留守番するみたいだった。

ユティはメルルさんの依頼を受けたからか、修行をするということで家に残っており、メルルさんがその修行に付き合うらしい。俺も修行したいが、イリスさんから止められてるからな……。

正直、ドラードとの闘いがギリギリだったため、すぐにでも修行をしたいと焦《あせ》ってしまうが、まだ戦闘の疲労が抜けていないので、ここで無理をすると逆効果だと言われたのだ。

それなら俺も家で大人しくしてたほうがいいんじゃないかと思うのだが……レクシアさ

んとイリスさんの勢いに押し負け、こうしてついて行くことに。

幸い神楽坂さんもいるので、何かあってもある程度は対応できるだろう。

ただ――。

「お、おい……」

「うお⁉　な、なんだ、あの集団⁉」

「芸能人……？」

「でも、あんな綺麗《きれい》な人たち見たことないよ⁉」

――非常に目立っていた。

道行く人はレクシアさんたちを目にすると、目を見開いて見つめてくるのだ。

中には見惚《みと》れて思わず振り返り、他の人とぶつかりそうになったりと、見ていてハラハラするような場面も見受けられる。

すると、そんな視線を受け、レクシアさんが首を傾《かし》げた。

「おかしいわね？　マイのおかげで見た目に違和感はないはずなのに、何でこんなに見られてるのかしら？」

「確かに……この世界の人間たちはレクシアが王女であることも知らないだろうしな」

「私が『剣聖《けんせい》』だって知ってる……って感じでもなさそうだし、よく分からないわね」

「……本当に分かってないみたいね」

「あ、あはは……」

疲れたようにそう口にする神楽坂さんに対して、俺は苦笑いを浮かべることしかできなかった。

芸能人と言われても全く不思議じゃない三人の姿に、周囲は騒然としているのだが、芸能人という概念を知らないレクシアさんたちには分からなくても仕方なかった。

異世界にも舞台俳優とかはいるだろうけど、地球のようにテレビや映画があるわけじゃないから、そういう差も大きいんだろうな。

そんなことを考えながら観光を続けていると、不意に声がかけられた。

「あ、あの！　少しよろしいでしょうか⁉」

「ん？」

声の方に振り向くと、そこには一人の女性が。

その女性はレクシアさんたちに用があるみたいで、見知らぬ人物からの接触にルナとイリスさんがわずかに警戒する様子を見せるも、相手の女性はそれに気付かない。

そして声をかけられたレクシアさんはルナを軽く制しつつ、にこやかに話しかける。

「いいわよ。何か用かしら？」

「っ⁉」

上品な笑みを浮かべるレクシアさんに女性は見惚れていた。

いったい女性が何者なのか、何となく眺めながら考えていると、俺はふとあることに気付いた。

……あれ？　レクシアさんたち、日本語が分かるのか？

考えてみれば、普段何気なくレクシアさんたちと会話してたけど、【言語理解】のスキルがないと分からないはずだよな……。

でも、今思い返すとユティも佳織《かおり》も、それこそ神楽坂さんも、もう一つの世界の相手とごく普通に会話しているのだ。どうなってるんだ？

もしかしたら神楽坂さんは召喚された際に、言語を習得できる何かが魔法に織り込まれていた可能性もある。

ただ佳織やユティは、特別なスキルを持っていない状況でも、会話自体が成立していたのだ。

あれかな、【異世界への扉】の基礎機能的なところに、言語習得機能がついてたのかな？

そうなるとメルルさんの言葉だけ理解できなかったのが不思議だが……繋《つな》がってる世界

が異世界と地球だから、その二つの言語だけ習得できるように設定されてるとか？

ここにきてそんなことに気付くとは……もっと【異世界への扉】を調べた方がいいかもしれない。というより、これまでちゃんと調べてなかったのが不味《まず》かったな。

改めて扉のことについて考えていると、レクシアさんの笑みに見惚れていた女性は、すぐに正気に返り、カバンからあるものを取り出した。

「私、『スタープロダクション』の者でして……」

「プロダクション？」

なんと、声をかけてきた女性は芸能事務所のスカウトマンだった！

すると、そんな俺たちの様子に、周囲のざわめきが大きくなる。

「お、おい、『スタープロダクション』って……」

「超有名な芸能人たちを抱えてる事務所だよな？」

「そうそう！　最近だとモデルの美羽とかすげぇ人気だよな？」

「さすがに本物じゃないだろ？　いまどき街中のスカウトなんて怪しくね……？」

「本物にせよ、偽物《にせもの》にせよ、あの見た目ならスカウトされて当然だろ……」

何と、声をかけてきた女性の事務所は、あの美羽さんが所属している事務所だったようだ。

するると、神楽坂さんが呆然としていることに気付いた。

「神楽坂さん？　大丈夫ですか？」

「ハッ⁉　大丈夫じゃないわよ！　あの『スタープロダクション』よ⁉」

「な、なんだかすごいところらしいですね」

「何でそんなに冷静なのよ！　『スタープロダクション』って言えば、所属してる女優や俳優全員がトップクラスの人気を誇る、日本屈指の芸能事務所よ⁉」

美羽さんって、そんなすごいところに所属してたんだ……。

残念ながら芸能界のことに詳しくないので何とも言えないが、神楽坂さんの様子を見るに、俺でも知ってる俳優さんや女優さんが所属してるのかもな。

神楽坂さんの勢いに押されていると、スカウトマンの女性はその場で熱心な勧誘をしようとはせずに名刺を渡すと、興味があれば連絡をとだけ告げて、そのまま去っていった。

すると、レクシアさんは手にした名刺を見て、目を見開いている。

「レクシアさん、どうしました？」

「このカード……材質といい、印刷といい……とんでもない技術で作られてるわね……」

「驚くところそこですか⁉」

確かに有名事務所の名刺だったら、高級な紙とか使われてそうだけども！

＊＊＊

「ふぅ、さすがに疲れたわね」

その後、家の近所の街中をだいぶ長いこと散歩したレクシアさんたち。

俺や神楽坂さんからすれば、特別珍しい物でもない車や信号に驚く様子は、やはり新鮮だった。

少し休憩しようということで、俺たちは近くの公園に立ち寄った。

その公園では子供たちが遊んでおり、近くではちょっとした屋台もやっていて、いい匂いがこちらまで漂ってきていた。

「さっきからすごくいい匂いがするけど……これは何の匂いなの？」

「これは……クレープっていう甘い食べ物ですね」

「「甘い……」」

「他にも色々とあるみたいですけど……」

ざっと見た感じ、タピオカやらケバブやら思ったより色々揃《そろ》っている。いつもここではこんなに屋台がやってるのかな？

一通り説明を終えた俺だったが、レクシアさんたちは揃ってクレープの屋台を見つめていた。

「……その、食べてみます？」

「「「食べる！」」」

す、すごい……さっき昼食を食べたはずなのに……！

甘いものは別腹なんだろうな。

見事に三人同時にそう言ったところで、俺たちはクレープ屋さんに向かった。

「こ、こんなに種類があるのね……」

「だが……私たちじゃここの文字が読めないな……」

「あら？　言われてみればそうね……言葉は通じるみたいだけど、何でかしら？」

やはり、レクシアさんたちはクレープ屋のメニューが読めないらしく、困惑している。

これ、やっぱり【異世界への扉】のおかげで会話が成立してるってのが正しそうだな。

読み書きはスキルが必須と。

ひとまず俺が三人に通訳する形でメニューを説明し、それぞれが決めていく。

「えっと……レクシアさんがイチゴで、ルナがチョコバナナ、イリスさんがキャラメルで
神楽坂さんがベリーですね。俺が持っていくんで、皆さんどこか空いてるベンチに座って、
待っててください」

レクシアさんたちにそう言い、一人でクレープの完成を待つ俺。

五分後。

出来上がったクレープを器用に受け取り、レクシアさんたちを探す。

そして、無事にレクシアさんたちを見つけることができたのだが、そこに見慣れない男性グループがいることに気付いた。

……なんだろう、嫌な予感がするんだが……。

そう思いながら近づいていくと、案の定、レクシアさんたちは男性たちに絡《から》まれていた。

「ねぇねぇ、いいじゃん！　ちょっと遊んでくれればいいからさー」

「そうそう！　その男より、俺たちと遊ぶ方が絶対楽しいって！」

「ソイツも俺たちを見たら、潔《いさぎよ》く身を引くことになるんだしよ！」

どうやらナンパをされているらしく、全員面倒くさそうな表情を浮かべている。

ひとまず急いで合流しようとしたところで、男性グループの一人が痺《しび》れを切らしたのか、レクシアさんの手を摑《つか》もうとした！

「そんな態度とらないでさぁ……ねぇ、一緒に行こうよ！」

「レクシアさん！」

俺が男性たちとレクシアさんとの間に割り込もうとした瞬間、男性たちはその場に縛り付けられたように動きを止めた。

「あ、あ？」

「な、なんだこれ⁉」

「う、動けねぇ！」

「い、イテテッ！」

よく見ると、いつの間にか男たちの体に糸が巻き付いているのが見える。これは……ルナの仕業か？

地球を観光する上で、武器を持ち歩くのはダメだと言っていたのだが、ルナの武器であれば確かに普通は目につかないし、何よりレクシアさんの護衛である以上、本当に武器を持たないわけにはいかなかったのだろう。

すると、レクシアさんと男たちの間に割り込むようにルナが立ち、ため息を吐《つ》く。

「はぁ……こっちが気分よく楽しんでいたところをよくも邪魔してくれたもんだな」

「は、はあ？　てか、なんだよこれ！　お前の仕業か⁉」

必死にルナの糸から逃れようとしているが、その糸は動けば動くほど男たちの体に食い込んでいった。

「イテテテテ！」

「何で食い込んでくるんだよ！」

とりあえずこのまま眺めているわけにもいかないので、俺はすぐに合流する。

「す、すみません！　大丈夫ですか？」

「あ、ユウヤ様！　もちろん大丈夫よ！」

「……確かに大丈夫なんだけど、ルナがね……というより、やっぱり隠し持ってたのね……」

思わずため息を吐く神楽坂さん。

できれば何のトラブルもなく終わってほしかったというのが俺と神楽坂さんの本音だが、やはりここまで目立つ人たちが一緒だと、なかなかそれも難しい。

「クソが！　今すぐ解放しやがれ！」

色々と思うところはあるが、まずはこの状況をどうしようかと考えていると、男性たちの言葉を受けたルナが、あきれた様子で告げる。

「そう言われて大人しく解放すると思うか？　しばらくはこのまま……」

「ルナちゃん、解放してあげなさい」

「？　イリス様？」

イリスさんの言葉に、ルナは驚いた様子を見せた。

「確かに、このまま放置して去ってもいいけど、またコイツらが他の女の子にちょっかい出すのも嫌じゃない？　だから――ここでキッチリと理解させておくべきだと思うの」

「い、イリスさん？」

なんだか不穏な気配を漂わせるイリスさんに、つい頬を引きつらせていると、イリスさんの言いたいことが分かったのか、ルナは男性たちの拘束を解いた。

「っ！　動ける！」

「チッ！　下手に出てりゃあいい気になりやがって……舐《な》めんじゃねぇぞ！」

「イリスさん！」

「大丈夫よ」

動けるようになった男性たちがいきなりイリスさんに襲い掛かったため、俺はすぐに対処できるよう動き出そうとするも、イリスさんにそう制されてしまった。

そして――。

「フッ……！」

「「があ⁉」」

イリスさんが見事な回し蹴りを一番近くの男性に放つと、そのまま他の男性たちも巻き込まれて、大きく吹っ飛んだ！

その衝撃はすさまじく、男性たちはイリスさんの蹴り一つで気を失ってしまったようだった。

「まったく、だらしないわね。やっぱり危険がないとまともに動けなくなるのかしら？」

俺と神楽坂さんがイリスさんの行動に唖然《あぜん》としている中、レクシアさんとルナはイリスさんの言葉に頷《うなず》いている。

「そうですね。今日一日で色々見て回って、ユウヤの暮らす世界のことが分かりましたが……本当に危険とは無縁そうでしたもんね」

「ま、それだけ私たちも安心して観光できるってことでしょ？　それよりも、ユウヤ様が買ってきてくれたクレープとやらを食べましょう！」

レクシアさんの言葉をきっかけに、それぞれがクレープを食べ始める。

すると、三人とも同時に目を見開いた。

「こ、これ……とんでもなく美味《おい》しいじゃない！」

「こんなに美味しいもの、私、食べたことないわ！」

「……王族のレクシアがそう言うくらいだ。やはりこれはとてつもなく高級な食べ物なのだろうな……こんなに美味しいものが手軽に手に入るはずがない……」

イリスさんやレクシアさんは素直に楽しんでるようだが、ルナは何か勘違いしているみたいだな……。

「えっと……まあそんなによく食べるモノじゃないけど、クレープは特別珍しい食べ物でもないよ？」

「そうね……別にこのクレープだって、特別高級なものってわけでもないし……」

俺と神楽坂さんの説明に、レクシアさんは愕然《がくぜん》とした様子で手にあるクレープを見つめる。

「そんな……こんなに美味しいものが一般的だなんて……決めたわ。私、こっちの世界に住むわ！」

「レクシアさん⁉」

「おい、レクシア！　お前はアルセリア王国の王女だろうが！」

「だって我慢できないわよ！　こんなにすごいものが普通に手に入る上に、他にも色々な美味しいものがあるんでしょ⁉　こんなに魅力的な世界、住みたいと思わない方がおかしいじゃない！」

「そりゃそうだが……」

「まあ、レクシアちゃんは王族だから、残念だけれど無理でしょうね。私は別に王族でもないし、こっちの世界に住んじゃおうかしら？　もちろん、ユウヤ君の家にね！」

「ちょ、ちょっと、イリス様⁉　そんなの許さないから！　ね、ユウヤ様⁉」

「そこで振られても……」

どこまでもマイペースに話を続ける三人に、俺と神楽坂さんは、これ以上は何事もなく終わってくれと、ただ祈るだけだった。

＊＊＊

優夜《ゆうや》たちが地球を観光しているころ。

異世界では、メルルに協力するため、ウサギが『魔聖《ませい》』の住む場所に向かっていた。

前回、イリスとともに一度『魔聖』の元まで向かっていたが、結局、優夜に会いに行くことになったため、後回しになったのである。

その結果、再び【天山《てんざん》】の強力な魔物を相手に、山の中を突き進むことになっていた。

《フッ！》

「グギャアアアア！」

ただし、強力な魔物たちもウサギの前では無力であり、蹴り一つで沈められていく。

《まったく……面倒な場所に住みおって。会いに行く者たちの身にもなってほしいもの

だ》

この場にはいない『魔聖』への愚痴をこぼしながら進むウサギ。

しかし、ある程度進んだところで不意に足を止めた。

《さて……ここからだな》

ウサギは先ほどまでとは違い、気を引き締めると、そのまま一歩踏み出した。

その瞬間――――。

《チッ！》

ウサギの頭上に魔法陣が出現し、そこから巨大な水の槍《やり》が出現すると、容赦なくウサギを貫こうとする。

跳んでそれを避《よ》けるも、その動きを予測していたかのようにまた別の場所に魔法陣がいくつも出現し、そこから次々と水の槍が放たれた。

《この罠《わな》の数……これだから嫌なのだ……》

ウサギは向かってくる魔法を前に、心の底からげんなりとした表情を浮かべつつ、軽快に魔法を避けていく。

そして、木を足場に一気に力をため込むと、山頂方面を見つめた。

《面倒だ。このまま突っ切る――――！》

ため込まれた力を一気に解放すると、ウサギが足場にした木や地面が衝撃で弾《はじ》け飛ぶ。

その勢いはすさまじく、ウサギはまるで一つの弾丸のように山頂目掛けて飛んでいった。

山を駆け抜けるウサギを撃ち落とそうと魔法陣はどんどん増えていくが、ウサギを捉えることはできない。

結局、最後まで魔法がウサギに当たることはなく、ウサギは山頂にたどり着いた。

《着いたか》

ウサギの目の前には、【大魔境《だいまきょう》】に存在する優夜の家と似た雰囲気を放つ、木造の一軒家が建っており、周囲は柵で囲まれていた。

ウサギが特に躊躇《ためら》うことなくその家に近づくと、柵の向こう側から人影が現れた。

「あれ？　誰か来たのかな？」

「あれ？　誰か来たみたいだね」

「師匠の知り合いかな？」

「師匠の知り合いだね」

すると、二人の女の子が辺りを見回している。

しかも、その女の子たちは顔が瓜二《うりふた》つで、双子であることは間違いなかった。

ウサギもまさか『魔聖』の住む場所に他の人間がいるとは思っていなかったため、かすかに驚くが、すぐに納得した。

《……アイツも弟子をとったのか。元々人間嫌いだったが……ありえない話ではないな》

そう呟《つぶや》きながら玄関の方に向かうと、ようやくウサギを視認した双子は目を見開いた。

「わ！　ウサギかな？」

「すごい！　ウサギだね！」

双子もまさかやって来た人物（？）がウサギだとは思ってもいなかったようで、目を輝かせて家の方へと駆け戻っていった。

「師匠ー！　ウサギが来たよ？」

「師匠ー！　ウサギが来たよ！」

「――――なんだ、騒々しい」

すると、家の中からまた別の人物が姿を現す。

その人物は普通の人間とは少し違う特徴を備えていた。

長い金髪と緑の瞳を持ち、何と耳が長く尖《とが》っているのである。

眉間には皺《しわ》が寄り、眼鏡をかけていることから気難しそうな性格が見て取れた。

新たに現れた男は面倒くさそうに双子の相手をするが、ふと玄関の方にいる存在に気付いたようで……。

「ん？　お前は……」
《変わりないようだな――オーディス》
ウサギにオーディスと呼ばれた男は、微《かす》かに目を見開くも、すぐに面倒くさそうな表情へと変化した。
「……なんだ、ウサギか。見ての通り私は忙しい。帰れ」
《とてもそうは見えんがな》
帰る様子のないウサギに、オーディスは大きなため息を吐《つ》いた。
「……はぁ。まあいい。それで、何をしに来た？　『邪《じゃ》』でも出たのか？」
《……貴様、本当に何も知らんのか……》
「む？」
まさか『魔聖』であるオーディスが、『邪』が出現していたことにすら気付いていなかったことにウサギは頭を抱えたくなった。
《……『邪』は出現していた。それも、究極完全態となってな》
「なっ⁉　どういうことだ！　私はそんな話知らん！」
《それは貴様が引きこもってるからだろう……》
なんら悪びれる様子のないオーディスに、ウサギはますます頭が痛くなる。

すると、そんな二人のやり取りを見ていた双子が、互いに顔を見合わせた。
「師匠は引きこもりなの？」
「師匠は引きこもりだね」
「うるさいぞ、お前たち」
ウサギも改めて双子に視線を向けつつ、オーディスに尋ねる。
《その人間どもは貴様の弟子か？》
「そうだ。人間にしては見所があったからな」
《珍しいこともあるな。オーディスが弟子をとるとしたら、同じエルフだと思ったが……》
「フン。あんな高慢な連中を弟子にするなど面倒以外の何物でもないだろう」
《……その言葉、そっくりそのまま返ってくるぞ》
ウサギはついつい呆《あき》れたようにため息を吐いた。
「そんなことより！　ここで喋《しゃべ》ってる暇はないだろう。『邪』が出たのだろう？　ならば他の『聖《せい》』たちに――――」
《聞いていなかったのか？　俺は出現していいたと言ったのだ》
「……何？　どういうことだ……？」

ここでようやくウサギの言っている意味が理解できたオーディスは、怪訝《けげん》そうな表情を浮かべる。

「それならば、何か？　その『邪』は、すでに倒されたというのか？」

《そうだ》

「……」

あっさりと認められた事実に、オーディスは押し黙る。

そんなオーディスに、さらにウサギは追加情報を与えた。

《ちなみに、先ほども言った通り、その『邪』は、究極完全態となっていた》

「それだ！　気になっていたのだ。なんなのだ？　その究極完全態とは……」

《そのままだ。他の『邪』を取り込み、完全な唯一の『邪』として現れたということだ》

「なっ……そんな存在、本当に倒せたのか？　それとも、私たちが想像していた以上に『邪』は弱かったとでも？」

《いいや。むしろ逆だ。俺もイリスも手も足も出なかったからな》

「――――」

ウサギや『剣聖《けんせい》』であるイリスの腕をよく知るオーディスだからこそ、ウサギの言葉に絶句した。

ここまでの話を聞き、オーディスは家の外の世界で思っていた以上に様々なことが起きていると気付く。

《安心しろ。すべて丁寧に説明してやる。それがお前に会いに来た理由の一つだからな》

「……分かった。中に入れ。お前たちは茶を用意しろ」

「『はーい』」

オーディスに家の中まで招き入れられたウサギは、そこで今までのことをすべて説明した。

ウサギが優夜を弟子にし、さらにイリスもその弟子の師匠になったこと。

そしてその優夜が……というより、優夜の家族が『邪』を倒したこと。

すべてを語った。

話を聞き終えたオーディスは、当初とは打って変わって、頭を抱えている。

「私が魔術の研究をしている間にそんなことが……」

《まあ信じられるようなことではないだろうな》

「もちろん、『邪』の話もそうだが、私としてはウサギとイリスが弟子をとったことにも驚いている。まあ……お前らの技を受け継げるような存在でもなければ、『邪』に対抗できんか……」

ひとまず自分を納得させたオーディスは、改めてウサギを見つめた。

「それで、ここに来たのは、その『邪』が倒されたことの報告のためか？」

《ん？　意外と冷静だな。もっと怒るかと思ったが……》

「茶化すな。外の世界がそんなことになっていたとも知らなかった私に、怒る資格などない。倒し方はどうかと思うが……」

《フッ……まあ少なくとも俺たちの代で『邪』と戦うことは二度とないはずだ。それよりも、確かに報告することも会いに来た理由の一つだが、本来の目的は別だ》

ウサギはそこで弟子の優夜が異世界人であること、そして、宇宙からの侵略者であるドラゴニア星人のことや、彼らの侵略から助けてほしいと懇願してきた同じく宇宙人のメルルのことなど、再び詳しく説明した。

そして――――。

「なんだその状況は……！」

オーディスは頭を抱え込んだ。

「異世界ってだけでもとんでもないことだが、そこに来て宇宙だと？　どれだけ混乱させれば気が済む……！」

普段『魔聖《ませい》』が取り乱す姿など見たことのない双子の弟子は、師匠の姿に目を見開いていた。

「すごい。師匠が混乱してるね？」

「うん。師匠が混乱してるね」

《……まあ俺も話していて訳が分からんからな。ただ、実際に目にして、戦ったのも事実だ》

しばらく混乱から立ち直れそうにないオーディスを放置し、ウサギは双子に視線を向けた。

《それで、お前たちは？》

「あ！　自己紹介がまだでした？」

「自己紹介がまだでした！」

「私はルリ！」

「私はリル！」

「「よろしくお願いしまーす！」」

揃《そろ》って頭を下げるルリとリル。

二人は緑の髪をサイドテールにしており、それぞれ反対側を結んでいる。

ルリは話すときに疑問形を多く使うなど、見た目以外にも多少の違いはあるものの、慣

れなければ、なかなか見分けが付けられないだろう。

　そんな二人の名前を聞きつつ、ウサギはその実力を見極めていた。

《ふむ……一人ずつが完成してるというより、二人で一人、といった表現が正しいか？》

「あ、よく分かりましたね？　私たち、一人だと半人前ですけど、二人でなら一人前だって師匠に言われてるんですよ？」

「まあ一人で一人前って言われたいですけどねー」

「……フン。二人でもまだ半人前だ、馬鹿者」

「「えぇー？」」

　混乱から立ち直ったオーディスは二人にそう言いながら、再びウサギと向き合う。

「ひとまず、状況は理解した。それで、お前は私に何を求めている？」

《そんなに難しい話ではない。ただ、手を貸してもらいたいのだ。さっきも言ったが、俺たちにその宇宙人が助けを求めてきている。それを俺の弟子が引き受けることになり、俺とイリスもそれに手を貸すつもりだ。弟子のおかげで『邪』を倒せたのだ。その借りを返すとも言える。ただ、相手となる宇宙人どもと戦って分かったが、今の俺たちだけでは少し心もとない。そこで戦力としてお前にも協力してほしいと思い、声をかけに来たのだ》

「協力か……話を聞いた限り、そちらの世界や宇宙は、魔法ではなく科学とやらの力が強く作用している環境らしいな。私としては見たこともない新たな魔法技術でもそこに存在しているのであれば、興味があるのだが……」

そうこぼすオーディスに対し、ウサギはふと優夜の家のことを思い出した。

《そう言えば、俺の弟子が住む家には見たこともない結界魔法が使われていたぞ？》

「何⁉」

《お前が使う魔法はいくつも見てきたが、それ以上に強力だ。なんせ【大魔境《だいまきょう》】で安全に暮らせる結界を構築しているんだからな》

「結界？」

《ああ。どんな物理攻撃も、魔法攻撃も防いでしまうとんでもない結界だ。実際、究極完全態となった『邪』の攻撃も全く効いてなかったからな……》

「なっ⁉　そんなこと、伝説の賢者の魔法でもなければ不可能だ！」

ウサギの言葉に、オーディスは再び絶句する。

というのも、オーディスたちが暮らしている【天山《てんざん》】も十分危険な場所であり、そんな場所にある今いる家にも優夜の家と同じように魔法による結界が張られていた。

ただ、その結界は完全とは言えず、時々結界を越え、魔物が侵入してくることもあった。

にもかかわらず、優夜の家がさらに危険な【大魔境】内にありながら、結界によって完全に魔物の脅威から守られているなど、オーディスには想像もつかなかった。

《それに、家にかけられている結界魔法もそうだが、もちろんそこに住んでいる俺の弟子が操る魔法も、規格外に強力なものばかりだ。そんな男に会える絶好のチャンスだが……興味はないか？》

オーディスはしばらく考え込む様子を見せたが、やがてため息を吐《つ》いた。

「はぁ……そこまで言われれば、確認せざるをえまい」

そう言うと、オーディスは姿勢を改める。

「いいだろう。私もその宇宙人とやらとの戦闘に協力しよう」

《そうか》

「それと、私だけでなくこの双子も連れていくが、いいか？」

「師匠？」

《それは構わんが……いいのか？　行き先は未知の宇宙である上に、相当危険だぞ？》

双子だけでなく、ウサギもオーディスの言葉に驚いていると、オーディスは頷《うなず》いた。

「それは承知している。だが、戦力が欲しいのだろう？　ならば私の弟子は使えるぞ。一人ならばともかく、二人であれば助けになるだろう」

「師匠。それってやっぱり私たち二人で一人前――」

「自惚《うぬぼ》れるな、馬鹿者」

オーディスはそう口にしていたが、実際二人であれば一人前だと、ウサギは直感的に感じ取っていた。

オーディスの素直ではない態度に笑いつつ、ウサギは頷く。

《分かった。ならば、早速俺の弟子のところに向かうぞ。いいな？》

「ああ」

「「はーい！」」

――――こうして、『魔聖』とその弟子が、仲間に加わるのだった。

第二章　『魔聖』

地球での観光を終え、それぞれが俺の家でまったり過ごしていると、ウサギ師匠が帰って来た。

「あ、お帰りなさい！」

《戻ったぞ》

ウサギ師匠は俺たちが地球観光をしている間、メルルさんの頼みを引き受けるために、わざわざ『魔聖《ませい》』に協力を要請しに行ってくれていたのだ。

帰って来たウサギ師匠から話を聞く前に、ひとまずメルルさんがウサギ師匠にもエイメル星の言葉が通じるよう、端末を操作していた。

〈……はい。これで私の言葉が分かるようになったと思います〉

《……本当だな》

ウサギ師匠はメルルさんの言葉が理解できるようになったことに驚いている。

そんなウサギ師匠に、イリスさんは声をかける。

「それで、どうだった？　彼、手伝ってくれるって？」

《ああ。アイツの弟子もな》

「弟子⁉　彼、弟子をとったの⁉」

《それも双子の人間だ》

「ウソ……」

呆然《ぼうぜん》としているイリスさんを見て、俺やレクシアさんたちは首をひねる。

なんだろう、『魔聖』が弟子をとるのがそんなにおかしいのだろうか？

……もしかしたら、気難しい人なのかな？

「まあいいわ。それで、肝心の『魔聖』は？」

《ああ……ヤツなら向こうの世界の家の外にいるぞ。ひとまず顔合わせをしておこう》

〈そ、そうですね。今回私のためにお力を貸していただくわけですし……〉

メルルさんもウサギ師匠の言葉に頷き、全員で賢者さんの家の庭に向かった。

すると……。

「な、なんだここは……」

「すごいね、リル？」

「そうだね、ルリ！」

何やら賢者さんの家を見渡し、呆然としている男性と、顔がそっくりな二人の女の子がいた。

女の子たちは人間だと思われるが、驚いている男性は耳が長く、まるでおとぎ話に登場するエルフのようだ。

すると神楽坂《かぐらざか》さんも俺と同じように思ったらしく、目を見開いている。

「あ、あれ……人間じゃないわよね？」

「た、たぶん……」

まあ『邪《じゃ》』も人間じゃなければ、ウサギ師匠に至ってはウサギだし、何ならメルルさんも宇宙人と、人間じゃない存在とはいくらでも会っているのだが、人間とは違う種族を目にするとやはり驚く。

すると、周囲を見渡していた男性は何かに気付いた様子で、さらに目を見開いた。

「ま、待て。この魔法……まさか、かの賢者のものでは……!?」

《オーディス。興味があるのは分かるが、先に名乗ったらどうだ？》

「相変わらず研究バカって感じねぇ……」

驚く男性に対し、ウサギ師匠とイリスさんはそう言うが……おそらく彼が『魔聖』なのだろう。

二人の言葉が耳に届いたようで、男性は少し気まずそうな表情を浮かべると、女の子たちを連れてやってきた。

「う、うむ……すまない。ウサギから話は聞いていたが、いざ目にするとついな……」

「師匠の悪い癖？」

「師匠の悪い癖だね」

「うるさいぞ、お前たち」

女の子たちの言葉に、男性は面倒くさそうに相手をしていた。多分、あの女の子たちは彼の弟子なのだろう。

すると、男性は庭に出てきた俺たちを見渡す。

「それで、この家の主《あるじ》は誰だ？」

「あ、俺です！　えっと優夜《ゆうや》です」

「君が、ウサギとイリスの……って、なんだこの魔力は……！」

男性は俺の体をじっと見つめたかと思うと、そのまま目を見開いた。

「とても洗練された魔力が絶えず流れている……完璧というほかない魔力回路に、膨大な魔力……それだけの魔法使いとしての力がありながら、『蹴聖《しゅうせい》』と『剣聖《けんせい》』の弟子だと？　でたらめにもほどがある……！」

「まあ最初は皆《みんな》そう感じるわよねー」

《フン。それほどの者でなければ俺の弟子にはなれん》

「何をバカな……いや、ここで言い争うとまた長くなるな。私は『魔聖』のオーディスだ。

そしてこの二人が不肖の弟子――」

「ルリです！」

「リルです！」

「「よろしくお願いしまーす！」」

そう『魔聖』のオーディスさんたちは名乗った。

そのまま皆も自己紹介をしたところで、オーディスさんはメルルさんに視線を向ける。

「それで、君が今回の……」

〈はい。メルルと言います。この度は私のために力を貸していただけるということで……

本当にありがとうございます〉

メルルさんは改めて俺たちを見渡すと、頭を下げた。

ちなみに、オーディスさんと弟子の二人にも言語が通じるように、すでにメルルさんが端末を操作済みだ。

オーディスさんも俺たちを改めて見渡し、一つ頷く。

「なるほど、これが今回の宇宙に向かう面々というわけか」

「あ、さすがにレクシアさんたちは連れていけないですけど……」

「ユウヤ様⁉　わ、私も行くわよ！」

いや、レクシアさん。さすがに一国の王女様を連れていくわけにはいかないですって……。

ルナもレクシアさんの言葉に頭を抱えている。

「おいレクシア……私たちがついて行ったところで何ができる……」

「料理ができるわ！」

「ユウヤ。私が何としてでも阻止しよう」

そうしてくれると助かります。

レクシアさんの言葉は嬉《うれ》しいが、彼女の料理はとても独創的だからな……。

それにレクシアさんたちを守りながら戦うだけの余力はないだろう。

そんなことを考えていると、そう言えば一人だけ家の中で寝ているオーマさんのことを紹介してなかったことに気付く。

「あ、ここには出てきてないですけど、家の中にはオーマさんっていうドラゴンがいます」

「……ウサギから話は聞いていたが、確か創世竜《そうせいりゅう》だったか……」

「そうですね。普段はずっと寝てますけど、とても頼りになりますよ？」

「ふむ……創世竜がいるならば、よほどのことがない限り安心だが……」

「えっと……オーマさんは気まぐれなので、協力してくれるかどうか……」

『――聞こえておるぞ』

するとオーマさんが家の中から直接脳に語りかけてきた。

「創世竜だけでも驚きだが、そこの狼《おおかみ》と豚、鳥も普通の魔獣ではない……何なのだ、君は……」

「な、なんだと言われましても……」

「わふ」

「ふご～」

「ぴぃ？」

「「かわいい――！」」

オーディスさんの言葉に何て反応すればいいのか困っていると、ナイトたちの反応を見て、ルリさんたちが声を上げた。ナイトたちはかわいいですとも。

すると、俺たちのやり取りを見ていたルナが、呆《あき》れたように口を開く。

「……それにしても、ユウヤとは初めて会った時から驚かされてばかりだな……まさか『聖《せい》』の方々とこんなにも知り合うことになるとは……」

「そこはユウヤ様だからよ！　当然ね！」

「何故《なぜ》お前が威張るのかは分からんが、確かにその通りなのかもな……」

別に俺だからってことはないと思うが、それにしてもルナの言う通り、本来なら関わるはずのない『聖』なんてすごい称号を持った人たちとこんなにも知り合いになれるとは思わないよな。

ルナの言葉に改めてそう感じていると、オーディスさんは少し興奮した様子で俺に詰め寄る。

「ところでユウヤ殿！」

「は、はい！」

「この家のことなのだが……この家を包んでいる結界は、ユウヤ殿が発動させたものなのか？」

オーディスさんの質問に、ウサギ師匠やイリスさん、それにルナたちも気になるのか、皆が俺に視線を向けてくる。

そう言えば、結界で魔物が入ってこないことは説明したけど、この家が賢者さんの家ってことは話してなかった気がするな……。

「えっと……実は皆さんに言ってなかったことがあるんですけど……」

「言ってなかったこと？」

「はい。実はここって、元々は賢者さんの家でして……」

「「け、賢者⁉」」

「この家だけでなく、俺の魔力回路や使ってる武器も全部、賢者さんから受け継いだものなんです……」

「「受け継いだぁ⁉」」

俺の説明に対し、オーディスさんだけでなく、何とイリスさんたちも目を見開いた。

普段冷静なウサギ師匠でさえ、俺の言葉に固まっているが……。

「ど、どうしました？」

「ちょっと、ユウヤ君⁉　どうしました？　じゃないわよ！　ここ、あの賢者の家なの⁉」

「そ、そうですね」

「……ユウヤ、全然すごさが分かってないようだな……」

い、いや、ルナさん。俺はもう賢者さんがすごいなんて当たり前すぎて慣れてしまったというか……。

思わずそう感じていると、オーディスさんはますます興奮した様子で続けた。

「い、いいかね、ユウヤ君！　賢者とはこの世界に住む人間ならば誰しもが耳にしたことのある伝説的存在だ！　それこそ神としての力を手にしながら、人間として死んだと言われる、奇跡の御仁なのだ！　そんな賢者の遺した研究資料や魔法を各国が血眼で探し、必死に研究しているんだぞ⁉　なのに、こんなアッサリと……しかも、異世界人である君が、その賢者の遺産を受け継いだって……それで驚かずにはいられるか！」

「さ、さすが賢者さん……」

死んでもなお後世にここまで影響を与えられるって本当にすごいよな。

すると、オーディスさんは何かに気付いたように叫んだ。

「って……受け継いだと言っていたが、まさか……賢者はまだ死んでいないのか⁉」

「あ、いえ……賢者さんはすでに亡《な》くなられてますよ。俺が遺産を受け継いだことも、家の中に置いてあった手紙を読んで初めて知ったんですから……」

「そ、それはいずれこの場所に誰かがやって来ると見越していたということか……さすがは賢者と言うべきだが、やはり伝説通り、もうこの世にはいないのだな……」

「そうですね……この【大魔境《だいまきょう》】の奥地にある洞窟で、ひっそりと亡くなられたようです」

「洞窟？」

「はい。そこに賢者さんの遺体があるんですよ」

「なんだと⁉　それは本当か⁉」

「え、ええ」

オーディスさんは鼻息を荒くしながら、俺に詰め寄って来た。

「そ、その場所はどこに⁉　今もあるのかね⁉」

「えっと……」

もちろん、賢者さんの遺体を発見した場所は覚えている。

ただ、あの辺りは、先日、アヴィスによって消し飛ばされてしまったため、どうなっているのか分からなかった。

「一応、場所は覚えているんですけど、この間のアヴィスとの戦闘で【大魔境】のほとんどが消し飛びまして……今も無事かどうかは……」

「……【大魔境】のほとんどが消し飛ぶなど普通ならばとても信じられんが、それだけ究極完全態の『邪《じゃ》』は強かったのだな。しかし、たとえ無事でなかったとしても、やはり魔法使いの端くれとして、賢者の眠る場所を一目見ておきたいのだ。どうか、連れていってくれ」

そう言いながら頭を下げるオーディスさん。

別にそれは構わないが、メルルさんの方も大変な状況であるため、ついメルルさんに視線を向けると、メルルさんは頷《うなず》く。

〈別にかまいませんよ。その賢者とやらが眠る場所は遠いわけではないんですよね？〉

「そうですね」

〈であれば、一度そこに向かい、改めて出発しましょう。私のために協力してくださるんですから、それくらいは問題ありません〉

メルルさんも問題ないとのことなので、すぐに出発しようと準備をしていると、家で寝ていたオーマさんがやって来た。

「あれ？　オーマさん、どうしたんです？」

『賢者が眠っている場所へ向かうのだろう？　ならば、我も行く』

そう言えば、賢者さんがどこに眠っているのか、オーマさんにちゃんと説明したことはなかったな……。

もっと早く教えてあげればよかったと後悔していると、レクシアさんとルナの姿が目に入った。

「あの賢者の眠っている場所へ行けるなんて……とても楽しみね！」

「いや、私たちはそろそろ戻るぞ」

「え⁉　ちょ、ちょっと、ルナ⁉」

どうやらルナはこのタイミングで帰ると決めたらしい。

神楽坂さんもレクシアさんと同様にいきなりのことで驚いていたが、納得もしているようで頷いていた。

「そもそも私たちはマイを冒険者ギルドに登録し、戦闘経験を積ませるために出かけてきたんだ。そこでたまたまユウヤの家に向かうことになったわけだが……さすがにこのままついて行くわけにはいかない。これ以上は、私たちでは足手まといになるからな」

「そ、そんな……！」

「マイはどうする？　このままユウヤの家から、元の世界に帰るか？」

「……そうね。でも、邪獣《じゃじゅう》ってのはまだこっちの世界に残ってるんでしょ？　それなら、やっぱりもう少しだけこの世界に残るわ」

「そうか……というわけだ。レクシア、三人でレガル国に帰るぞ」

「い、イヤあああああ！」

とても王女様とは思えないような、駄々っ子ぶりを見せるレクシアさん。

しかし、イリスさんたちもルナの考えに賛同したため、最終的には折れることになった。

そして準備を終えると、一度俺たちでレクシアさんたちを【大魔境】の入り口まで連れていき、改めて三人と別れることに。

「それではな。これほどの戦力が揃《そろ》っているからには大丈夫だとは思うが……気を付けろよ」

「うん、ありがとう」

ルナの言葉に頷くと、レクシアさんは泣きながらこちらを見つめる。

「うぅ……ユウヤ様ぁ……」

「え、えっと……」

こういう時、どんな言葉をかければいいのか分からず、俺は困惑するしかなかった。

「あ、神楽坂さんは地球に戻って来たくなったら、いつでも俺の家から帰れますから、安心してください。さすがに【大魔境】を一人で通るのは危険だと思うので、また俺たちやイリスさんたちと一緒の形になるかとは思いますけど、一応一人でも帰れるようになってますから」

「ええ、分かったわ。しばらくの間、私はレガル国で活動を続けるだろうし、何かあったら迎えに来てね」

「はい！」

三人とそれぞれ言葉を交わし終えると、そのまま三人は帰っていった。

そして……。

「よし、それじゃあ……例の洞窟に向かいましょう！」

俺たちは改めて賢者さんの眠る場所へと向かうのだった。

＊＊＊

「すごい……もう元通りになりかけてる……」

賢者さんが眠る場所に向かうため、全員で【大魔境】を歩いていると、俺はつい周囲の環境を見渡しながらそうこぼした。

アヴィスの攻撃によって消し飛び、荒涼とした大地が広がるだけだった【大魔境】の奥地が、すでにかつての【大魔境】に迫るほどの植物で覆いつくされていたのだ。

「異常。ここの生き物の成長速度はやっぱりおかしい」

〈やはりこの森の環境が特殊なんでしょうね……〉

ユティとメルルさんも、目の前の光景にただ愕然《がくぜん》とするしかない。

ただ、さすがに魔物たちはまだ完全には戻ってきていないようで、全く襲われる気配はなかった。

「これが【大魔境】の植物か……」

するとオーディスさんは興味深そうに周囲の植物を観察しては、いくつかを採取している。

「あの……その植物は何かに使うんですか？」

「む？　いや、これは単なる私の研究でね。見て分かる通り、私はエルフなのだが……世界中にある植物を研究し、魔術の発展に何か役立てるものがないかと探しているんだよ」

「へぇ！　じゃあ、やっぱりここに生えてる植物って普通じゃないんですか？」

「ああ。まず【黒堅樹《こっけんじゅ》】がここまで普通に生えていること自体驚きだが……他にも見たこともないような植物がいくつも見られる。本当ならばもっと早くから探索できればよかったんだが……ここはあまりにも危険すぎる。ウサギやイリス、それにユウヤ殿といった実力者がいなければ、到底私一人でこのような場所に来たいとも思わんさ」

「で、でも、イリスさんやウサギ師匠は割と普通に俺の家まで来てましたよ？」

そう、【大魔境】が危険だという話は散々周囲から聞かされてきたが、その割に二人は気軽にやって来る。

だが、そんな俺の言葉にオーディスさんは首を振った。

「そこの二人と一緒にしないでくれ。そいつらは『聖《せい》』の中でも規格外なんだぞ？　それに、私はそこまで戦闘が得意なわけではないからな」

「ちょっと！　私たちが化け物みたいな言い方しないでくれる？」

《そうだ。それに、俺たちにとってもこの場所が危険であることに変わりはない。ただ、ユウヤの家の周辺程度ならまだ何とかなるというだけだ。さすがに住もうなどとは考えられん》

やっぱり、そんなところに家を建てちゃう賢者さんって滅茶苦茶《めちゃくちゃ》ですね。

つい頬を引きつらせながら、オーディスさんと同じように周囲の植物を見ていた双子の……ルリさんの方に声をかけた。

「ルリさんも熱心そうに見てますけど、やはり植物に興味があるんですか？」

「うーん……師匠と違って、あくまで趣味くらいのものだけど……リルは興味ないよね？」

「うん、興味ないね」

「なるほど……」

やはり双子と言っても趣味とかは違うんだなぁ。

そんなことを考えていると、ルリさんは目を輝かせて俺を見つめた。

「それよりも、すごいね？　まだ会って間もないのに、もう私たちの見分けがつくの？」

「ま、まあそうですね」

「ちなみに、どこで見分けてる？　やっぱり髪型？」

「いえ、雰囲気ですかね？」

「「雰囲気!?」」

俺の回答に二人どころか、オーディスさんも驚いていた。

「すごいな……私でさえ間違えるのだが……」

「それは師匠としてどうなんですか!?」

まあ確かにそっくりだし、間違えるのも仕方ない……のだろうか？

「ユウヤ兄、すごいね？」

「雰囲気で分かるって言った人、初めてだよ！」

「そ、そうですか？　って……優夜兄？」

聞きなれない言葉につい訊《き》き返すと、二人は笑顔で頷いた。

「うん！　私たちより年上っぽいし、ユウヤ兄かな？」

「そうそう！　だから、ユウヤ兄も敬語じゃなくていいよ！」

「そ、そうか」

何とも元気な二人に圧《お》されつつ、俺は素直に頷いた。

実際の弟と妹である空《そら》や陽太《ようた》からでさえ、ちゃんと兄として呼ばれたことのない俺は、二人の呼び方につい照れてしまった。

そんな感じで互いの親睦を深めながら進んでいると、ついに目的地にたどり着く。

「ここが、賢者さんの眠る場所です」

「おお……！」

俺たちの前には特に崩落した様子もない、洞窟がぽつんと残っていた。

この辺りもアヴィスの攻撃を受けてしまったため、吹き飛んでしまったとも思ったが……見た感じ無傷っぽい。

もしかしたら、この洞窟も賢者さんの力で守られていたのかもしれない。

すると、唯一賢者さんのことを知っているオーマさんが、懐《なつ》かしそうに目を細めた。

『この気配は……間違いない。ヤツのものだ。そうか、お前はこんな場所で眠っていたのだな……相変わらず偏屈な人間だ』

その声は呆《あき》れたようにも、悲しそうにも聞こえた。

オーマさんの声は皆《みんな》にも聞こえており、つい黙ってしまう。

『……フン。柄でもないところを見せたな。さっさと行くぞ』

「あ、ちょっと！」

それだけ言うとオーマさんはさっさと洞窟内に入ってしまったので、俺たちも慌ててそのあとを追った。

洞窟に入ると、あの時のことを思い出す。

「ナイトがここに連れてきてくれなかったら、賢者さんの存在を知ることもできなかったんだよな……改めて、ありがとうな」

「わふ！」

ナイトは俺の言葉に嬉《うれ》しそうに吠《ほ》えた。

洞窟内には特に何かがあるわけでもなく道が延びており、皆でまっすぐ進んでいくと……ついに賢者さんの遺骨を発見した。

あの時は深く考えていなかったが、ここまで綺麗《きれい》に骨が残っているのも、賢者さんが何かしら魔法などを施していたからなのかもしれない。

「こ、これが……あの伝説の賢者……！」

賢者さんの遺骨を前に、オーディスさんは恐れるように近づくと、そのまま跪《ひざまず》き、涙を流し始めた。

「お、オーディスさん？」

「うぅ……すまない……私たち魔法を極める者にとって、賢者とは、それこそ神のような存在なのだ……」

「……あの変人のオーディスがここまで感激するとはね……」

《まあ分からんでもないな。この俺でさえ、賢者の前にいると考えれば緊張もする》

ウサギ師匠の言う通り、この洞窟は特別華美な装飾なども施されていない、本当にただの洞窟なのだが、妙に気が引き締まるというか、不思議な気配で満ちているのだ。

すると、不意に俺の服をユティが引っ張った。

「疑問。なんで賢者の遺骨はあのままなの？」

「え？」

「埋葬。お墓なら、埋めるなりなんなりした方がいい」

ユティの言う通り、普通、人が亡《な》くなれば火葬なり土葬なり水葬なり、何かしらの方法で供養《くよう》するだろう。

だが、何て言うか……あの遺骨に触るのは躊躇《ためら》われるというか、手を出せなかった。

そんな俺の気持ちを代弁するように、今まで静かに賢者の遺骨を見つめていたオーマさんが口を開く。

『……ヤツはこのままでいい。誰かに葬《ほうむ》られることを望むようなヤツではないからな』

「肯定。なるほど。でも不思議な人」

『……そうだな』

再び黙って賢者さんの遺骨を眺めていたオーマさんは、しばらくして俺の方に振り向いた。

『さて、ユウヤ。お前は気付いていないようだが、この場にはまだ賢者の遺したものがあるみたいだぞ？』

「え⁉」

「何⁉」

オーマさんの言葉に俺だけでなくオーディスさんも目を見開く。

ここで俺は賢者さんから魔力回路と魔法の知識を受け継いだのだが、まだ何か遺されているのか？

ひとまずオーマさんが賢者さんの気配を感じるというところまで案内してもらうも、そこにあったのは、ただの岩壁だった。

『ここだ』

「えっと……？　俺にはただの行き止まりに見えるんですが……」

オーディスさんも壁に手を当て、色々と念入りに調べているようだったが、最終的には頷《うなず》く。

「ああ。私が見ても、ここはただの壁だな」

『フン。ヤツが貴様ごときに見抜ける仕掛けを作るはずがなかろう？』

「うっ……」

『まあいい。とにかく、ユウヤ。お前が鍵だ』

「え、俺⁉」

『そうだ。主《あるじ》はこの地で、賢者から何かを受け継いだようだが、それだけではない。結果として、賢者の遺したすべてを受け継ぐ資格を得たのだ』

「そんな……」

オーマさんの言葉に愕然《がくぜん》とする俺。

た、確かにあの家や庭、武器に魔力回路と、本当に様々なものを賢者さんから頂いた。

それらは全部偶然で、資格と言われても何の実感もない。

しかし、そんな俺の心を見透かすように、オーマさんは続ける。

『ユウヤはすべてが偶然だと考えているようだが、それは違う。ヤツの遺したものは、本来、そう簡単に受け継げるものではないのだ。考えてみろ。もし、ヤツの遺産が【邪《じゃ》】の手に渡ったとしたら……』

「……正直、考えたくないわね」

《というより、その瞬間、俺たちの敗北が決定するだろうな》

イリスさんとウサギ師匠の言葉に、オーマさんは頷いた。

『そういうわけだ。だからこそ、偶然のように思えても、ヤツの遺産は資格がなければ受け継ぐことはできないようになっているのだろう。ならば何故《なぜ》、ユウヤが受け継げたのか。それは主にその資格があると、ヤツが判断したからだ』

「そんな……！　で、でも、俺と賢者さんって面識はないですよ⁉　おじいちゃんは会ったことあるみたいですけど……それなら遺産を受け継ぐべきなのは俺じゃなくて、おじいちゃんだったんじゃ……？」

『それは知らん。だが、ヤツのことだ。たとえユウヤの祖父と知り合いだったとしても、その血のつながりだけを理由に自分の遺産を手渡すことはしないだろう。何度も言うが、ユウヤだけにしか、ヤツの遺産を受け継ぐ資格はないのだ』

「……」

衝撃の事実に、俺は何も言うことができない。

オーマさんの言うことが本当なのであれば、俺があの家も、武器も、すべて受け継いだのは必然だったことになる。

でもそれならどうして会ったこともない俺がそんな資格を持っているのか……全然分からなかった。

おじいちゃんが賢者さんに頼んだとか？　それが一番現実的かもしれないが……本当に感覚的にだが、それは違う気がする。

あれこれ考えてみるが、結局俺にはその答えが分からなかった。

『まあ我もその理由は気になるが、今そんなことはどうでもいい。ただ、賢者の遺産を受け継ぐ資格があるのはユウヤだけ……それが大切だ。それが分かったのなら、さっさとその壁に触れてみろ』

「う、うん」

オーマさんに言われるがまま壁に触れると、それに呼応するかのように何の変哲もなかった岩壁に、突然複雑な魔法陣が浮かび上がった！

「これは……」

「馬鹿な⁉　ここまで複雑な魔法は見たことがない……！」

この中で一番魔法に詳しい『魔聖《ませい》』のオーディスさんの反応を見るに、やはりこの魔法陣は普通ではないのだろう。

すると、メルルさんも目の前の魔法陣に目を剝《む》いていた。

〈わ、私も知識として魔法のことは知っていますし、実際に魔法文明を発展させている惑星もいくつか見て来ました……ですが、こんな形態の魔法は今まで見たことがありません……！〉

宇宙規模で考えても規格外だという、賢者さんの魔法。

全員がその事実に絶句していると、やがて魔法陣は変形し、文字を浮かび上がらせた。

「こ、これは……⁉」

「疑問。何て書いてあるの？」

「え⁉」

俺は思わずユティに視線を向けると、どうやら浮かび上がった文字が読めないらしく、首を傾《かし》げていた。

まさかと思い、他の面々も見渡すが、全員同じように不思議そうな表情を浮かべている。

「何かの文字みたいだけど……なんて書いてあるのかしら？」

《俺も見たことがないな》

「……私もこんな文字は知らん」

「何だかすごいね？」

「何だかすごいね！」

〈そんな……私の言語変換機能ですら翻訳不可能……⁉〉

なんと、岩壁に出現した文字を誰も読むことができないのだ。

一番賢者さんと親しかったオーマさんたちにも視線を向けてみるが……。

『……ゼノヴィスめ。そうまでして隠したいか。どうせ、ユウヤにしか読めないように、ヤツが魔法を構築したのだろう。ユウヤ、何と書かれている？』

「わふぅ……」

「ふご？」

「ぴ」

ナイトたちはともかく、オーマさんですら読めないようだった。

ただ――――。

「えっと……賢者さんの遺産の在《あ》り処《か》が記されてます」

「⁉」

俺が文字を読み、そう告げると、皆一斉に俺を見てきた。

そう……どういうわけか、俺は岩壁に出現した文字がちゃんと読めるのだ。

オーマさんの言う通り、賢者さんの遺産を受け継ぐ資格というものの効果なのだろうか？

俺の言葉に唖然《あぜん》とする皆《みんな》だったが、いち早く立ち直ったオーディスさんが興奮気味に訊《たず》ねてくる。

「ゆ、ユウヤ殿！　それで、賢者の遺産は一体どこに隠されているんだ⁉」

「え、えっと……詳しいことは分からないんですが、どうやら宇宙のとある星に封じてあるそうです」

《宇宙だと⁉》

「どうやってそんな場所に……」

「メルル殿のエイメル星とは異なり、宇宙に渡る術《すべ》のないこの世界で、どのようにして遠く離れた星に遺産を封印したというのだ……」

賢者さんのデタラメな遺産の在り処に、ウサギ師匠たちが驚く中、メルルさんは驚きつつも冷静だった。

〈星ですか？　詳細な位置は分かりますか？〉

「それが……賢者さん、とある星に遺産を封じたはいいものの、その星が、何と呼ばれる星なのかも、場所をどう伝えればよいのかも分からなかったため、位置のことについては書けなかったそうです……」

〈……確かに、今までユウヤさんの世界やこちらの世界の文明に触れてきましたが、宇宙を航海するほどの技術は見受けられませんでした。とすると、その賢者が記している通り、その場所を伝えるのは困難でしょう。せめてこの星から近い位置に存在しているとよいのですが……〉

メルルさんの言う通り、普通に賢者さんが宇宙のとある星に封じたという遺産を探そうとすれば、とんでもない時間がかかるだろう。

だが……。

「その……理屈は分からないんですけど、一応俺がその星に近づきさえすれば、必然的に遺産の在り処が分かる……みたいです」

〈……そんな曖昧なもの……と、普段なら切り捨てていたでしょうが、たった今見せられた魔法の特殊性や、その魔法の使用者がユウヤさんが使用している武器の元・所有者だと考えると、そういったことが可能であっても不思議ではないですね……〉

正直、賢者さんが宇宙のとある星に何を封印したのか気になるが、ここでそれを知ることはできなそうだ。

すると、元々この場所に来たいと言っていたオーディスさんは、満足そうに頷く。

「さて……ここでの私の目的は果たせた。だが、宇宙には新たな賢者の遺産が眠っているのだろう？　ならば早く向かおうではないか！」

「お、オーディスさん？　それはもちろんそうですけど、何か準備とか……」

「この気持ちだけでいい！」

「気持ちだけ⁉」

本当に武器とかアイテムは必要ないのだろうか？　『魔聖』だし、魔法がメインだからなのかな？

なんにせよ、本当にオーディスさんは賢者さんのことを崇拝しているのだと実感した。

オーディスさんの反応に苦笑いしつつ、全員に声をかける。

「えっと……オーディスさんは特に準備はいらないようですけど、皆さんは？」

「私はいつでも準備できてるわ」

《俺もだ》

ウサギ師匠たちも特別準備をすることはないようなので、改めてメルルさんの方に向き直る。

「それなら……いよいよ宇宙に出発ですね。皆さんは大丈夫みたいですけど、何か俺が個人的に手伝えることはありますか？」

〈いえ。私の母星までかなりの距離がありますが、この地で手に入れたエネルギーのおかげで、ワープ機能も使えそうですし、何より食料もたくさん搭載してあります。なので、

船に乗り込めばいつでも出発可能ですよ〉

「なら、急いだほうがいいわね。この間の襲撃も結局、アイツらを撤退させるだけで終わっちゃったし、なるべく時間をかけない方が相手の準備する時間を潰せるわ」

イリスさんの言葉に全員頷《うなず》くと、俺たちはついに宇宙へと旅立つことになるのだった。

第三章　賢者の遺産

「す、すごい……これが宇宙船……」

あれから地球の家に戻り、すべての準備を終えた俺たち。

宇宙船は未《いま》だに俺の家の上に浮かんだまま待機しているが、メルルさんが左腕の端末を操作したことで、他人からは認識されないようになっていた。

〈それでは、搭乗しましょう〉

メルルさんが再び左腕の端末を操作すると、俺たちの足元に魔法陣とは違う光の輪が出現し、気付けば全員が宇宙船の内部に転移していた。

〈元々少人数用なのでこの人数だとギリギリですが……何とか乗り込めたようでよかったです〉

メルルさんの言う通り、俺を含めて全員で12人もいるため、かなり窮屈に感じる。

ただ、ナイトたちは小さいので、そこまで空間をとらないのが幸いだった。

そんな宇宙船内だが、有名なＳＦ映画に登場する宇宙船のように、ホログラム状のタッチパネルや、何をどう操作するのか分からない機械がたくさん並んでいる。

色々見て回りたいが、ここで変なボタン押して大変なことになっても困るので、うかつに触れられなかった。

「リル！　すごいね？」

「ルリ！　すごいね！」

「おい、変な場所を触るなよ？」

「「はーい」」

双子は俺以上に好奇心旺盛らしく、物怖《ものお》じせずに周囲の機械に触れようとしていたが、オーディスさんに怒られていた。

……。

「オーマさんも触らないでくださいね？」

『我をなんだと思ってる⁉』

つい不安になってオーマさんにそう言うと、オーマさんは心外だといった様子で叫んだ。

だが、そんなオーマさんにナイトたちは何とも言えない表情を浮かべる。

「わふぅ……」

「フゴ」

『な、なんだ、何か言いたいことがあるのか⁉　ん⁉』

「ぴ」

「……わふ」

オーマさんの反応にナイトは疲れたように首を振った。俺もあんまり人のことは言えないが、オーマさんには物置部屋での前科があるからね。まあその結果メルルさんがやって来て、賢者さんのことを深く知るきっかけとかにもなったんだが……。

〈……エネルギー充填完了。皆さん、それぞれ空いている席に着いてください〉

俺たちが色々なやり取りをしている中、淡々と準備を進めていたメルルさんの言葉に従い、俺たちは空いている席に座る。

その席は真っ白で近未来的な意匠の椅子だったが、俺たちが座った瞬間、まるでゼリーのようなものが俺たちを包み込んだ！

「な、なんですか、これ！」

頭も含めて完全にゼリー状のものに包まれた俺たち。

そんな状況に慌ててしまう俺たちだったが、特に息ができないといったこともなく、非常に心地いい感覚に襲われる。

すると、メルルさんも同じようにゼリー状のものに包まれた状態で説明する。

〈今から宇宙空間へと旅立つわけですが、その際、強烈な衝撃を受けることになります。しかし、こちらのプロテクトジェルに包まれることで、その衝撃を完全に緩和し、それと同時に、このジェルを体が吸収することで、宇宙空間でも問題なく活動できるようになります。簡単に言いますと、宇宙船の外でも特殊な装備なしで動ける体に改造してくれるということです〉

「う、宇宙空間で⁉　それってつまり、地球で言う宇宙服がいらないってことですか？」

〈そうですね。私と違い、いきなり体が変質することに忌避感や恐怖心があるのは分かりますが、絶対に安全であることをお約束いたします〉

俺と同じように皆も少し不安そうな様子だったものの、メルルさんが真剣な表情でそう口にするため、俺たちは最終的に信じることにした。

そして――――。

〈では――出発です……！〉

「――――！」

メルルさんの宇宙船は、何の衝撃も感じさせることなく宙に浮かび上がると、そのまま驚くような速度で宇宙へと打ちあがった！

座っている位置にはちょうど宇宙船の窓があり、そこから外の様子を見てみると、どんどん空へと昇っていき、街を、そして雲すら置き去りにして、ついに宇宙へと進出した。

「す、すごい……」

《これが宇宙とやらか……》

「実感が湧かぬな……本当に宇宙に来ることができるとは……」

宇宙という存在そのものをあまり知らない世界から来たイリスさんたちは宇宙の景色を前に感動していた。

地球で暮らす俺も、多少知識として知ってはいても、やはり未知の世界であることに変わりはないため、イリスさんたちの気持ちはよく分かった。

そのまましばらく外の様子を見ていると、メルルさんが頷く。

〈……無事、地球から出ることができたようですね。このままワープの準備に入ります。ワープ機能を使用すれば、しばらくは椅子に座らずに過ごすことができるので、もう少しお待ちください〉

「えっと、ワープっていうのは何かしら？」

〈そうですね……今私たちのいる場所からエイメル星までは非常に距離が空いています。

なので普通にこの船で航行するだけですと、おそらく到着までに数百年はかかってしまうでしょう〉

「数百年⁉」

とんでもない数字に俺たちは絶句していると、メルルさんは慌てて続けた。

〈そうならないようにするために、ワープ機能というものが存在します。原理としましては、通常の時空から外れた亜空間を展開し、その空間を移動することによって、長い距離を簡単に移動することができる、というものです。なので、その機能を今から使用したいと思います〉

その言葉に全員安心していると、メルルさんは椅子に備え付けられていたタッチパネルを操作した。すると、窓の外に変化が訪れる。

なんと、今乗っている宇宙船の周りに、光の線のようなものが徐々にまとわりついていくのだ。

〈それでは……ワープ、起動〉

そしてメルルさんがそう宣言した瞬間、窓の外の様相が一気に変化し、以前ドラゴニア星人に攻められた際、地球の俺の家が亜空間とやらに隔離されたときと同じく、不思議な配色の異様な空間が広がった。

〈……ワープ空間への転移、成功です〉

端末を操作していたメルルさんが一息吐《つ》きながらそう言うと、俺たちを包み込んでいたゼリー状のものは椅子にスルスルと吸い込まれていった。

〈しばらくは自由に過ごしていただいて問題ありません。ただ、周辺の機械だけは触らないでくださいね〉

メルルさんが率先して椅子から立ち上がると、俺たちも恐る恐る動き始める。

「っはぁぁぁ……なんだか妙に緊張したわ」

「同感。不思議な体験だった。質問。さっきのプニプニしたものに包まれたから、宇宙船の外でも活動できるって言ってたけど、もうできるの？」

〈現在、ワープ空間にいる間は無理ですが、通常の宇宙空間であれば、船の外に出ても問題ありません〉

「それは非常に助かるな。敵が襲ってきたとき、この船内からでも迎撃魔法は使えるが、やはり外に出なければ照準を合わせにくいだろうからな」

《俺たち接近戦をする者からすれば、新たな環境で問題なく動けるのは有難《ありがた》い》

ウサギ師匠がそう言うと、メルルさんは思い出したように少し申し訳なさそうに補足した。

〈すみません……確かに宇宙空間での活動は問題ないのですが、それはあくまで無重力空間や真空空間に体が適応するという意味でして、宇宙空間中を移動するには足場や別の推進力が必要となります〉

《それくらいは自前で何とかするさ》

つまり、宇宙を自在に移動するには地面のようなものか、ジェット噴射みたいな別の力が必要ってことだな。

まあ風属性の魔法とかでなんとかできるだろう。

そんな会話をしつつ、各々《おのおの》が船内でくつろいでいると、俺はふと気になったことをメルルさんに訊《き》いた。

「そう言えば、詳しい話は聞いてませんでしたけど、メルルさんの故郷ってどんなところなんですか？」

〈そうですね……先日もお話しした通り、私たちエイメル星人はドラゴニア星人と敵対しています。ドラゴニア星人は全宇宙の中でも非常に強力な種族ですが、私たちも科学力という点においては宇宙一であると自負してます〉

「う、宇宙一……」

確かにそう言われても素直に納得できるほど、メルルさんが今まで披露してくれた技術はどれもすごかった。

なんせ簡単に人の記憶や情報を消したりできる上に、話によると病気で死ぬことがなく、寿命もとんでもなく長いらしいし……。

今までのメルルさんのことを思い返していると、メルルさんは少し表情を曇らせた。

〈……だからでしょうね。ドラゴニア星人は私たちの科学力を手に入れるために、遥《はる》か昔から私たちを強制的に隷属化、または私たちの技術を強奪しようとしてきました。そんな彼らに対抗すべく祖先が生み出した対天体殲滅《せんめつ》兵器ですが、結果として、余計にドラゴニア星人による襲撃を激化させてしまった……私はそう考えています〉

「何故《なぜ》ですか？」

〈私たちが星を簡単に破壊できる兵器を生み出したことで、ドラゴニア星人たちはその兵器に脅威を感じ、さらなる攻撃を仕掛けてくるようになったからですよ。もちろん、対天体殲滅兵器や、他のエイメル星の技術を詰め込んだ兵器がなければ、すでにドラゴニア星人に侵略され、すべてを奪われていたと思いますが……〉

ドラゴニア星人に対抗するために生み出した兵器が、結果として戦いを激化させてしまうとは思わなかったんだろうな……。

〈ともかく、私は手に入れた対天体殲滅兵器の設計図と、皆さんの協力によって、すべて

の戦いに決着をつけたいと考えています。ですから……力を貸してください〉

メルルさんが改めて俺たちに頭を下げると、俺を含め、皆《みんな》も力強く頷《うなず》いた。

その様子にメルルさんは微笑《ほほえ》むと、端末に目を向ける。

〈ありがとうございます……そろそろワープを解除したいと思います。また衝撃が発生する可能性もありますので、椅子に座ってください〉

《ん？　もうエイメル星に着くのか？》

〈いえ、いくらワープによって長距離を瞬時に移動できるとはいえ、本来数百年かかる距離を一度で移動することはできません。ワープには膨大なエネルギーが必要ですし、何より機体がもちませんから……〉

いわゆる長時間パソコンを起動してると熱くなる現象みたいなもんだろうか？　そう考えると一気に庶民化したけども。

エイメル星の技術があれば、冷却機能みたいなものもありそうだが、ワープなんて想像もつかないくらい高度な機能になると、そう簡単にはいかないのだろう。

メルルさんの指示に従い、再び席に着くと、また体がゼリー状のものに包まれる。

〈では、解除します〉

メルルさんが左腕の端末を操作すると、窓の外に広がっていた不思議な空間の色が徐々に薄れ、それは無数の光の線に変わり、やがて普通の宇宙空間へと戻った。

それぞれが変化した周囲の様子を観察していると、俺たちを包んでいたゼリー状のものが椅子に吸収されていく。

〈……ワープの解除が成功しました。ここから一時間ほど通常航行をしたのち、再度ワープを――〉

その瞬間、突然俺たちの宇宙船が大きく揺れた。

「な、なんだ⁉」

〈まさか……⁉〉

メルルさんは急いで宇宙船に備えられた端末を操作する。

俺たちも椅子から立ち上がり、いつでも動けるようにしていると、ウサギ師匠が険しい表情で呟《つぶや》いた。

《……どうやら襲撃を受けているようだな》

「襲撃⁉　それって……」

「おそらく今回の敵であるドラゴニア星人でしょうね」

《残念だったな！　貴様らの動きはすべて把握している！　大人しく降参し、対天体殲滅兵器の設計図を渡せば、命だけは助けてやるが……拒絶するなら、お前たちはここで、宇

宙のゴミとなるぞ！》

イリスさんの言葉を肯定するように、攻撃を仕掛けてきたであろう船からドラゴニア星人と思われる人物の通信が入ってきた。

だが、俺たちに降参するつもりはない。

〈降参なんてしません！〉

《ならば、ここで死ね！》

メルルさんがキッパリとそう告げると、ドラゴニア星人たちはいっせいに攻撃を仕掛けてきた。

そんな中、メルルさんは端末を操作しながら叫ぶ。

〈皆さん、すみません！　どうやらワープの解除地点をドラゴニア星人に逆算されていたらしく、待ち伏せされたようです……！　シールドを展開していますが、念のため衝撃に備えてください！〉

すごい勢いで浮かんでは消えていくホログラム式のタッチパネルを操作するメルルさん。

するとどうやら宇宙船をシールドが包み込んだようで、窓の外は青色の膜で覆われた。

そのまま窓の外を見ていると、ドラゴニア星人の宇宙船がいくつも近づいてくるのが分かった。

「ほう、あれがドラゴニア星人とやらの宇宙船か……」

「何だか私たちの世界のドラゴンみたいな形だね？」

「うん、ドラゴンみたいだね」

襲撃を受けているというのに、いたって冷静な様子のオーディスさんとルリたちについ驚いてしまう。

「ず、随分と冷静ですね……」

「まあ騒いだところで襲撃されている状況は変わらないからな。ただ、予想していたより敵の数は少ないな……」

オーディスさんの言う通り、待ち伏せされていたという割に、確認できる範囲にいるドラゴニア星人の宇宙船は五機ほどだ。もしかして、本隊がまた別のどこかにいるのだろうか……？

とはいえ、こちらが一機だけであることに変わりはない。

「メルルさん、この船に武器みたいなものは……」

〈一応、搭載してはいますが、さすがにあの数を相手にするのは無理です……それに、向こうが宇宙戦闘を目的として造られている宇宙船なのに対して、こちらの船は移動用ですから、本格的な戦闘になるとかなり厳しいかと……〉

「そんな……」

つまり、あの宇宙船の群れから逃げなければ、俺たちはこのままここで撃ち落とされてしまうということだ。

どうするか考えていると、そんな時間は与えないと言わんばかりに、ドラゴニア星人の宇宙船がエネルギー砲を撃って来た！

〈回避します！〉

「うわあ⁉」

すごい勢いで動く宇宙船に、思わずひっくり返りそうになる中、俺以外の皆は全員狼狽《うろた》えることなくどっしりと構えていた。す、すごいな……。

すると、敵の攻撃を眺めていたウサギ師匠は、必死に宇宙船を操作しているメルルさんに尋ねた。

《おい、メルル。俺たちの体は先ほどの保護液とやらのおかげで宇宙空間に適応できているんだろう？》

〈は、はい！〉

《ならば、俺たちがこの船の外に出て、ヤツらを迎え撃つぞ》

「ええ⁉」

まさかの発言に思わず驚くが……た、確かに宇宙船に乗っていても逃げるしかできないなら、直接俺たち自身で迎え撃つ方がいい……のか？　相手は宇宙船ですよ？

そりゃあドラードたちに攻められた時も宇宙船を相手にしていたが、ここは宇宙だ。あの時とは勝手が違う。

「そうね……それしか方法はなさそうだけど、この状況で外に出るのも危険よね」

イリスさんの言う通り、今俺たちの乗ってる宇宙船は砲撃の嵐に晒《さら》され、さらに複雑な回避を何度も行っているせいか、船が安定した状態にない。

こんな状態で宇宙船から飛び出せば、そのまま吹き飛ばされてしまいそうだ。

そんなことを考えていると、オーディスさんは一つ頷く。

「ふむ……ならばここは私が一度、相手の攻撃を受け持とう」

「え？」

「さすが師匠！　やるんだね？」

「さすが師匠！　やるんだね！」

「馬鹿者。お前たちも手伝え！」

「「ちぇー」」

ルリとリルは渋々といった様子で頷くと、すぐにオーディスさんの隣に移動し、両腕をかざした。

「「それ！」」

二人の手のひらから魔法陣が出現すると、その二つの魔法陣は重なり、一つになる。

そして――――。

「「【魔力障壁】！」」

二人がそう唱えた瞬間、ドラゴニア星人から放たれた砲撃が、宇宙船を包んでいるシールドに直撃する前に、突如出現した魔法陣によって阻《はば》まれた。

「うわ！　思ったより威力が強いね？」

「うん！　思ったより威力が強いね！」

ただ、ドラゴニア星人の攻撃は強力なようで、両腕をかざした状態の二人は顔をしかめていた。

「なるほど……ルリとリルの【魔力障壁】でもなかなかキツいか……ならば……【魔力弾】」

オーディスさんが軽く指を振ると、窓の外に光の塊が出現した。

それは何の属性も込められていない純粋な魔力の塊で、サイズ自体はバスケットボールくらいであるものの、見ているだけでも恐ろしいほどの魔力量が込められていることが分かる。

しかも、その魔力の塊は一つだけではなかった。

「ふん」

オーディスさんが指を振るたびに魔力の塊は数を増やし、気付けば数十個の塊が宇宙船の周りに浮かんでいた。

そんな中、ドラゴニア星人は攻撃の手を休めることなく砲撃を続ける。

「行け」

その瞬間、オーディスさんが短くそう告げると、宇宙船の周りに浮いていた魔力の塊は、ドラゴニア星人の宇宙船から放たれた砲撃を的確に撃ち落とし始めた!

あまりにも繊細なコントロールと、強力な威力に皆が驚く中、オーディスさんは俺たちの方に向き直る。

「外に出るなら今だぞ。今は何とかこうして相殺《そうさい》することができているが、いつまでもつか、私には分からんからな」

《フン。十分だ。行くぞ、ユウヤ》

「は、はい！」

「ワン！」

「ぴぃ！」

　すると、ナイトとシエルもついてくるようで、その二人に俺とユティ、イリスさんとウサギ師匠ですぐに宇宙船の外に出た。

　オーマさんはこんな状況だというのに全く動じることなく船の中で寝ており、アカツキも戦いに向いているというわけではないので、大人しく宇宙船でお留守番だ。

　外に出ると、当たり前ではあるのだが、地球とは違う不思議な感覚に少し戸惑った。

　あの保護液のおかげで、宇宙空間でも問題なく活動できるようになっているわけだが、もしそうじゃなかったら実際の宇宙空間ってどんな感じなんだろう？　寒いのかな？　暑いのかな？　それに真空の空間ってやっぱり風はないのかな？

　ユティたちは皆、自分の体を見下ろしている。

「奇妙。特に異変はないけど、違和感がすごい」

「そうね……快適、とも言い難《がた》い不思議な感覚ね」

《まあ動く分には問題ないな》

「わふ」

「ぴぃ」

ナイトとシエルは毛並みや羽を整え、体を確認していた。

そんな中でもオーディスさんとルリたちは船の中から魔法でドラゴニア星人の攻撃に対処している。

すると、不意に俺たちの脳内に声がかけられた。

『各自、特に問題なさそうだな。私も宇宙空間がどんな場所か気になるが……早めに片付けてくれ。さっきも言ったが、いつまでもこっちが対処できると思わぬことだ』

「オーディスさん⁉」

その声の正体はオーディスさんで、俺たちはつい驚く。

まさかオーマさんのように脳に直接語りかけることができるとは……。

「こ、これも魔法ですか？」

『そうだ。外の様子も宇宙船内の装置と、私の魔法である程度は確認できている。だから流れ弾は心配せず戦ってくれ』

「あら、随分と準備がいいわね」

《よし、それなら……行くぞ》

「はい！」

ウサギ師匠の合図とともに、全員一斉に宇宙船の足場を飛び立った。

最初の一歩は宇宙船を足場にしていたため、問題なく進むことができているものの、やはり速度がいまいちだ。

そこで、早速、風属性魔法による推進力も加えてみた。

「うお⁉」

背中辺りからジェット噴射のように魔法を発動させるこの方法は、【魔装《まそう》】とは違うものの非常に速度が出る。

これ、雷属性による【魔装】と掛け合わせることができるんじゃないかな？　さすがにいきなりやってみても制御できなそうだけど、やってみる価値はありそうだ。落ち着いたら練習してみてもいいかもしれないな。

ついそんなことを考えながら進んでいると、イリスさんとウサギ師匠、それにナイトもそれぞれの方法でドラゴニア星人の宇宙船へと向かう。

イリスさんは土属性で足場を作りつつ、そのまま宇宙を駆け、ナイトとウサギ師匠は足に風属性魔法を纏《まと》わせることで、宇宙空間に足場を作りつつ、すごい速度で進んでいる。

シエルは特に魔法を使ってる様子もないのだが、いつも通り羽ばたくだけですごい速度を出していた。何でだろう……？

ドラゴニア星人の宇宙船まであと少しというところで、相手も俺たちに気付いたようでいくつかのエネルギー砲がこちらに向けられる。

『む。申し訳ないが、こちらの宇宙船の防御で精いっぱいだ。そちらに向かう攻撃は各自何とかしてくれ』

「予測。問題ない。私が代わりに撃ち落とす」

すると、一人メルルさんの宇宙船の上に残ったユティが弓を構えると、俺たちに向けて発射された砲撃に対して矢を放った。

「【流星群】」

それは、以前ドラゴニア星人たちが攻めてきたときに放っていた【死彗星《しすいせい》】という強力な一矢《いっし》を放つ技が、連続して放たれるという恐ろしいものだった。

猛烈な勢いで放たれた矢は、確実にドラゴニア星人たちの砲撃を撃ち抜き、さらに宇宙船そのものにもダメージを与えていく。

《フッ……さすが『弓聖《きゅうせい》』の弟子だな。俺もイリスも負けてられんが……ユウヤ、お前も頑張れよ？　もし不甲斐《ふがい》ない姿を見せれば、また今まで以上に厳しい修行をつけてやる》

「が、ガンバリマス……！」

ユティの成長は喜ばしいことではあるが、結果的に俺も頑張らないとダメになってしまった。

そんな中、ついにドラゴニア星人の宇宙船までたどり着くと、まず最初にイリスさんが仕掛ける。

「【堕天《だてん》】！」

下から切り上げるようにして放たれるその斬撃は、的確にドラゴニア星人の宇宙船にある、車でいう排気口のような部分を斬り裂いた。

《フッ……やるな。ならば俺も……【穿脚《せんきゃく》】！》

それに続く形でウサギ師匠も魔法を器用に使い、足場を作ると一瞬にして接近し、そのまま船体を蹴り抜き、巨大な穴をあけた。

二人の技は初めて見るものだったが、どれも強力で、数十メートルはある船を容易に破壊していく。

「グルル……ガアアアア！」

ナイトは【魔装】を展開しながら突っ込み、体ごと船体を貫いてしまった！

なんだろう……心なしかナイトが、いつもより元気というか、強くなってる気がするんだが……気のせいかな？

「ぴぃぃぃいいいいい！」

シエルも同じように体に青い炎を纏うと、ドラゴニア星人の宇宙船の真上に移動し、そのまま急降下して、船体を貫いた。

全員が一機ずつドラゴニア星人の宇宙船を破壊していく中、俺も目の前の宇宙船を相手にすべく、アイテムボックスから【世界打ち】を取り出した。

賢者さんの武器である【全剣《ぜんけん》】や【絶槍《ぜっそう》】でも、宇宙船を破壊することは可能だろうが、ここは確実に対処するべく、【世界打ち】を選択したのだ。

それに、宇宙船という大きな的を相手にするため、【世界打ち】は相性がいい。

「はあああああっ！」

俺は【世界打ち】を手にしつつ、一気に加速すると、宇宙船の真下から突き上げるようにして【世界打ち】を振り上げた！

《クソ……！　このままでは……至急、本部に連絡を入れ――――》

その瞬間、宇宙船は一瞬メルルさんの宇宙船のようにシールドを構築したが、【世界打ち】はそれごと簡単に打ち砕き、そのまま粉々にしてしまった。

その光景に、初めて【世界打ち】の威力を目《ま》の当たりにするイリスさんとウサギ師匠は目を見開いている。

「そ、それ、前に私と戦ってた時も使ってたけど、そんなとんでもない代物だったの⁉」

《あの宇宙船が木端微塵《こっぱみじん》か……それも賢者の武器なのだろうが、とんでもないな……》

結局俺は武器の性能に頼っているところもあるわけだけど、そのくらいは許してほしい……。

思わずそう感じていると、再び脳内にオーディスさんの声が聞こえてくる。

『何やらとんでもない光景が見えたが……まあいい。詳しい話も聞きたいところだが、メルル殿が今すぐこちらに帰ってくるように言っている。ひとまずここから移動するそうだ』

「分かりました!」

オーディスさんの言葉に従い、俺たちがすぐにメルルさんの宇宙船へと帰ると、メルルさんは宇宙船を操作し、その場からすぐに移動するのだった。

〈……周囲に宇宙船の気配はありません。ひとまず逃げ切れたと言ってもいいでしょう〉

「はぁ……よ、よかった」

メルルさんの言葉に一安心した俺は、ようやく肩の力を抜くことができた。

「それにしても、何で待ち伏せされていたんでしょう？」

〈さっきも言いましたが、ワープによる移動距離を逆算されたんです。ワープを解除した直後は、宇宙船にとっても無防備な状況にならざるを得ませんから……〉

確かにメルルさんの言う通り、ワープを解除するタイミングでは俺たちは席に座っているし、何より待ち伏せしてる側はこちらを狙って攻撃すればいいだけだからな。

〈とはいえ、ワープ解除のポイントはあの場所だけでなく、いくつか候補があったため、ドラゴニア星人はいくつかの部隊に分かれて待機していたのでしょう。そのおかげで、幸いにも待ち伏せしていた宇宙船の数は少なかったようです……〉

色々な運が重なった結果、こうして無事に切り抜けることができたらしい。

まさかあのタイミングで襲われるとは思ってなかったが、それでも宇宙空間での戦闘というものを余裕をもって体験できたのは大きかった。

＊＊＊

次にドラゴニア星人たちと戦うときはどうなるか分からないが、もっとうまく動けるだろう。

そんなことを思っていると、俺は不意に不思議な感覚に陥った。

「ん、んん？　な、なんだ？」

「ユウヤ君？　どうしたの？」

俺の異変に気付いたイリスさんが声をかけてくれる。

だが、何と言えばいいのか……妙にソワソワするのだ。

「その……うまく言えないんですけど、何かに呼ばれてるような気がするんです」

「何かに？」

『――――賢者の気配だな』

「オーマさん？」

すると、今まで色々なことがあったにもかかわらず、マイペースに寝ていたオーマさんが、ここにきて初めて目を覚ました。

それよりも、賢者さんの気配って？

全員がオーマさんの言葉に驚いていると、オーマさんは気にせず欠伸《あくび》をしながら続ける。

『ふわぁ……何、宇宙に来る前に賢者の眠る洞窟に向かっただろう？　あの時と同じ気配がするというだけだ』

「もしかして……賢者さんの遺産の気配……⁉」

確かに、あの時、宇宙のとある星に封じた遺産の在り処《ありか》については、その星に近づけば分かると記されていたけど……まさかこの周辺にあるのか？

すると、オーマさんはメルルさんに視線を向けた。

『小娘。あの方角に進めろ』

「ちょっ……オーマさん⁉」

『なんだ？　賢者の遺産が何なのか、気にならないのか？』

「いや、それは気になりますけど、メルルさんの故郷のこともありますし……」

俺がそう言うも、メルルさんは首を横に振った。

〈ユウヤさん、大丈夫です。ひとまずドラゴニア星人の襲撃は切り抜けられましたが、おそらくすぐに追手がやって来るでしょう。なのでこのまま故郷に向かうルートは簡単に予測されてしまっている恐れがあります。そこで一度、針路を変更することで時間をずらし、追手を撹乱《かくらん》できればと思います〉

「な、なるほど……」

メルルさんが許してくれるというのであれば、素直に賢者さんの遺産には興味がある。

今持っている武器や魔力回路だけでもとんでもないというのに、一体宇宙に何を隠したというのだろう。

〈ちなみにですが、賢者さんの気配は近いんですよね？〉

「そうですね……」

『そこまで遠くないな。この速度で進めば、もうすぐ到着するだろう』

〈分かりました。では、そこまで案内してください〉

メルルさんの言葉に従い、俺とオーマさんで協力しながら賢者さんの気配がする方角へと案内していく。

すると、やがて一つの星が見えてきた。

そんな中、今まで宇宙船を操作していたメルルさんが険しい表情を浮かべていることに気付く。

「あの、どうかしました？　もしかして、ドラゴニア星人の宇宙船でも……？」

〈いえ、そういうわけではないのですが……マップの故障でしょうか？　我々が向かって

いる地点ですが、私たちエイメル星の技術を使って作り上げられたこのマップに表示されない場所のようでして……〉

「はあ……でも、これだけ広い宇宙ですし、そういった場所があってもおかしくないんじゃないですか？」

こんだけ広い宇宙なんだから、知らない場所があっても不思議ではない。

しかし、メルルさんは首を横に振った。

〈ユウヤさんの言う通り、全宇宙をくまなく調べることはほぼ不可能に近いのですが、ここ一帯の領域は、宇宙の中でも調べつくされている場所なんです。だからこそ、先ほどのドラゴニア星人たちも私たちの動きを推測できていたのでしょう。ですが、そこからそう離れていない地点に、こんな未知の星が存在するなんて……〉

俺たちの前に現れた星は、メルルさんから見ても不思議な存在らしい。

すると、話を聞いていたオーマさんが答えた。

『フン。それはそうだろうな。ここら一帯に賢者の魔法がかけられている。恐らくヤツの遺産を受け継ぐ資格を持つユウヤか、賢者の気配を感知できる我のような者でなければたどり着けぬようにしていたのだろう』

「す、素晴らしい……宇宙規模で魔法を展開するなんて……！」

皆《みんな》がオーマさんの言葉に驚く中、特にそのことに関してオーディスさんが感動した様子で声を上げていた。やはり『魔聖《ませい》』だからこそ、そういったすごい魔法には興味があるんだろうな。

それはともかく、俺たちの前に現れた星は、まるで映像で見たことがある月のように、土だけの荒涼とした大地が広がっている星だった。

水や緑の木々、生物の気配すら感じられなかったが、そこに、とても似つかわしくない、不思議な建造物がポツンと建っているのが見える。

しかも、遠くから見ているにもかかわらず、こうして視認できるということは、とてつもなく巨大だということだろう。

それは――――。

「あれは……神殿？」

まるで映像や写真で見たことがある、パルテノン神殿のような、大きな柱で囲まれた立派な建物だった。

＊＊＊

優夜《ゆうや》たちが宇宙を旅しているころ、異世界ではレクシアたちがレガル国へと帰還していた。

　すると、帰ったばかりのレクシアたちは、オルギスから話があると告げられ、私室へと案内される。

「戻って来たか。どうだ？　少しはこの国を楽しんでくれているか？」

「ええ。活気に溢《あふ》れたいい国だと思います」

　クアロやアヴィスの襲撃により、国全体が恐怖に包まれていてもおかしくない状況だったが、それぞれの国民たちは自分の役目を理解しており、復興活動に専念していた。

　そんなレガル国の人々の逞《たくま》しい一面にレクシアたちは驚いていたのだ。

　そんな言葉を聞いたオルギスは、満足そうに頷《うなず》く。

「ああ。我も、この国を愛している。本当に素晴らしい国民たちだ」

「ところでオルギス様？　私たちに話があるって聞いたんですけど……」

「うむ……」

　レクシアに促されたことで、オルギスは重々しく頷くと、レクシアたちがいない間に決定した議会のことを伝えた。

「実は……【国王議会】を開くことが決定した」

「え⁉」

「【国王議会】？」

オルギスの言葉にレクシアは驚くも、ルナと舞《まい》には聞きなれない言葉であり、お互いに顔を見合わせて首をひねっている。

「オルギス様、もしかして……聖女《せいじょ》召喚の事実を、世界中の国王たちに公表するのですか!? でも、そんなことをすれば、それを非難する国王たちも……」

「覚悟の上だ」

すでにオルギスの決意は固く、臆することなく頷いた。

「この議会を開けば、我は多くの国王たちから顰蹙《ひんしゅく》を買うだろう。だが、隠しておくこともできぬのだ」

「……もう決意されているようですね。それでは、私を呼んだのはその報告のために？」

「いや、それもあるが、その議会にレクシア殿たちも出席してもらいたいのだ」

「私たちも!?」

オルギスからの要請に、レクシアは驚くが、オルギスは気にすることなく続ける。

「ああ。今回の会議ではもちろん『邪《じゃ》』のことも話し合うつもりだが、我の言葉だけではなかなか信じてもらえぬだろう。それに……ユウヤ殿のこともだ」

「ユウヤ様？」

「彼は『聖《せい》』ではないにもかかわらず、あの『邪』に対抗できる希少な存在だ……レクシア殿は彼の存在を対外的には隠したいかもしれないが、国王たちには公表するべきだと我は思う」

レクシアをまっすぐ見つめ、そう告げるオルギス。

レクシアも、そんなオルギスを見つめ返すが……とあることをオルギスに伝え忘れていることに、レクシアは気付いていなかった。

『邪』が滅びたこと自体は、レクシアたちももちろん知っていたのだが、その後すぐに地球に向かい、『邪』のことを忘れるほど衝撃的な出来事を目の当《ま》たりにしたため、『邪』が滅ぼされたということをオルギスに伝えるのをすっかり忘れていたのだ。

その上、オルギスから優夜のすごさを国王たちに伝えるべきだと言われたことで、レクシアのスイッチが入ってしまう。

結果、レクシアの反応は、オルギスの想像していたものとは違うものに。

「そうよね！　ユウヤ様のすごさを他の国王たちに分かってもらいましょう！」

「へ？」

レクシアの反応につい気の抜けた表情を浮かべるオルギス。

すると、レクシアは不思議そうに首を傾《かし》げた。

「あら？　どうしました？」

「い、いや、その……良いのか？　アルセリア王国にとって、彼は秘密の最終兵器のようなものだろう？　もしかすると、他国に引き抜きをかけられるやも……」

「そうね……ユウヤ様のことを公表すれば、その力を求めて近づいてくる人間もいるでしょう。でもそれ以上に、ユウヤ様がすごいってことは皆が理解するべきだと私は思うわ！」

「は、はあ……」

「それに、ユウヤ様と私は婚約者だから！　引き抜かれる心配なんてないし！」

「婚約者じゃないだろうが」

「何よ、ルナ！　いいじゃない、私がそう言うのは勝手でしょ⁉」

「勝手すぎるだろ」

レクシアの言葉についつい頭を抱えるルナ。

舞もそんなレクシアに苦笑いを浮かべていた。

オルギスとしては真剣な相談だったはずが、最後はぐだぐだな状態でレクシアたちの議会への参加が決定したのだった。

＊＊＊

ドラゴニア星人の母艦内で、一人のドラゴニア星人が焦《あせ》った様子で走っていた。

そのドラゴニア星人はドラコ三世の控える部屋にたどり着くと、急いで扉をノックする。

〈へ、陛下！　至急ご報告したいことが……！〉

〈入れ〉

許可を得たドラゴニア星人は入室すると、すぐさま跪《ひざまず》く。

〈何用だ？〉

〈は、はい！　陛下からの指示を受け、エイメル星人とその協力者の捕獲に動いていた第三部隊ですが……そのうちの一つの小隊から、つ、通信が途絶えました……〉

〈……何？　どういうことだ？〉

ドラコ三世から発せられる巨大な圧力に、そのドラゴニア星人は押し潰されそうになりながらも、必死に続ける。

〈ど、どうやら件《くだん》のエイメル星人たちと交戦するも……全滅した模様です。戦闘状態に入る旨《むね》の報告は受けていたのですが、そこから先の通信が途絶えたため……〉

〈返り討ちにあった、と〉

ドラコ三世が重いため息を吐《つ》くと、報告したドラゴニア星人は身を硬くする。

その様子を気にも留めず、ドラコ三世は口を開いた。

〈ご苦労だった。下がれ〉

〈は、はい！〉

ドラゴニア星人は再度頭を下げると、その場を後にした。

一人残ったドラコ三世は椅子に深く腰掛ける。

〈……余はまだ、連中を甘く見ていたようだな。ドラードが抜けているとはいえ、第三部隊で対処できぬとは……それも、宇宙空間での戦闘で、か。ドラードを倒せたのは亜空間という特殊な環境が大きな要因かと思っていたが、それも違ったみたいだ。エイメル星人の協力者は、個としての戦闘力も非常に優れているのだろう。それこそ、宇宙空間での戦闘でも我々の部隊の実力を上回るほどに……〉

しばらく考え込んだドラコ三世は、やがて一つの決断を下す。

〈予定変更だ。例のエイメル星人から設計図を奪うことは叶《かな》わなかったが……それならば、設計図がエイメル星に届く前に、エイメル星そのものを滅ぼしてしまえばよい。多少の戦力の消耗はあるだろうが、今の我々であれば、間違いなくエイメル星を滅ぼせるだろう……〉

優夜たちが知らないところで、ついにドラコ三世が動き始めるのだった。

＊＊＊

ドラゴニア星人たちの襲撃から何とか逃れた俺たちは、神殿のような不思議な建物が存在する星の間近まで迫っていた。

星の上にぽつんと存在する神殿だが、その見た目以上に気になる点は、その規格外な大きさだ。

「これは……本当に人間用のものなのかしら？」

イリスさんの言う通り、その神殿は大きさからして、とても人間のために造られたように見えないのだ。

離れた場所から見たところ、入り口は一か所しかなく、扉もなければただ建造物の中へ続く入り口がポカンと空いているだけである。

しかし、その入り口の大きさがおかしい。

今、俺たちが乗っているメルルさんの宇宙船はもちろん、先ほど戦ったドラゴニア星人の巨大宇宙船ですら簡単に入りそうなほど、とんでもなく巨大なのだ。

ひとまずその星を探索するために、メルルさんがパネルを軽く操作すると、俺たちの宇宙船はそのまま静かに着陸する。

無事に星へと降り立った俺たちだったが、その神殿に近づけば近づくほどその巨大さが実感できた。入り口に立って見上げると、真下からでは入り口のてっぺんが視認できないほどだ。

「こ、これ、本当に賢者さんが造ったんですかね？」

どう見ても人間用に造られたとは考えられないそのサイズに、圧倒されるが……。

宇宙人であるメルルさんから見ても、目の前の建物は不思議なようで、目を見開いていた。

〈こんな不思議な建造物を見たのは初めてです……どこかの巨大種族を対象にして建造されたのでしょうか？〉

そう、メルルさんの言う通り、神様や巨人のために造られたと言われた方がまだ納得できるサイズ感だ。

だが、そんな俺たちの考えを否定するように、一緒に星に降り立ったオーマさんは首を振る。

『いや。これはまさしく賢者が造ったものであり、ユウヤが受け継ぐべきものだ』

「お、俺が受け継ぐべきものって言われましても……こんな大きな神殿、何のために造ったんですかね？」

『ヤツの考えなど知るか。いいから行くぞ』

「ちょっと⁉」

オーマさんが何の躊躇《ためら》いもなく神殿の中に入っていくため、俺たちも慌てて追いかけた。

神殿の中に入ると、そこは大理石のような不思議なツルツルとした素材の壁で覆われていた。

そんな中、オーディスさんが壁に手を触れ、何やら魔力を流そうとしているが、すぐに首を振る。

「ふむ……さっぱりだな。私たちの世界でも見たことがない。ただ、この壁が魔力を通さないことを考えると、魔力による攻撃から何かを守るためにこの素材が使われているのだろうな」

オーディスさんの簡単な分析結果を聞いていると、突然とてつもない音が聞こえる。慌ててそっちに目を向けると、ウサギ師匠が壁に向かって蹴りを放っていた。

「ウサギ師匠⁉」

《む？　ああ、すまん。見たことがない素材だと言うのでな。耐久力が気になったんだが……まさか壊せないとはな》

「気になったからって普通蹴りますかね⁉」

《そう怒るな。こうして壊れなかったんだし、いいだろう？》

「そういう問題でもないですが⁉」

皆さん、本当に自由すぎません？　それとも俺が緊張しすぎなだけ？

すると、オーディスさんと同じようにメルルさんも壁に触れ、端末を操作して何かを調べているみたいだった。

〈……これは、我々のデータベースにも登録されていない未知の素材ですね。接触分析をしたところ、オーディスさんのおっしゃる通り、こちらの素材は魔力に対してかなりの絶縁性があります。それに、強度については、あの【大魔境《だいまきょう》】に生えていた……【黒堅樹《こっけんじゅ》】でしたか？　それ以上の硬度があるようですね〉

「あの樹《き》以上ですか⁉」

【黒堅樹】はウサギ師匠直伝の技や、賢者さんの武器がないと傷一つ付けられないような、とんでもない植物なのだが、それより硬いこの素材って……。

まだこの神殿に眠っているであろう賢者さんの遺産にすら到達していなかったが、すでにここまででも、別のことに気をとられてばかりだ。

天井なんか高すぎて見えないが、どういう光源を使っているのか、建物内は明るいし……探せば探すほど不思議なことが出てきそうだ。

『見えたな』

「⁉」

しばらく廊下を歩いていると、突然俺たちの目の前に巨大な扉が出現した。

それこそ、入り口と同じくらいの大きさを誇る扉で、表面にはＳＦチックな意匠が施されている。

扉一面には光るラインが走っており、異世界というより近未来感に溢《あふ》れていた。

というよりも……。

「な、何でいきなりこんな扉が？　これだけ大きければ、入り口からすでに見えてないとおかしいと思うんですけど……」

そう、こんなに大きな扉があれば、遠くからでも確認できるはずだ。

だが、俺たちがこれまで廊下を歩いていた時点では、この扉のことは認識できていなかった。

すると、オーマさんがその理由を考察した。

『おそらく、ここら辺一帯にかけられた魔法を運よくすり抜け、ユウヤや我以外の存在がこの神殿に入って来た時、この扉にたどり着けないようにするために、ヤツが仕組んだことなのだろう。ユウヤという、遺産を受け継ぐ資格を持つ者が来ることで初めて扉が出現するように魔法を構築していたのだろうな。だからもしユウヤ以外がこの建物に入れば、永遠に扉にたどり着くことなく奥へと進み続けることになるはずだ』

「うわぁ……」

確かに賢者さんの遺産だから、それくらい厳重にしててもおかしくはない。

ただ、間違ってやって来た人は悲惨だろうな……。

とにかく、この巨大な扉が現れたのは俺がいたからということらしい。

「じゃあ、この扉を開けるには……」

『あの時と同じく、手で触れれば大丈夫だろう』

オーマさんの言葉に頷《うなず》くと、俺は扉に触れる。

そして――――。

「っ⁉」

俺が触れた瞬間、扉がゆっくりと開き始めると、中から激しい光が溢れ出てきた。

その光は周囲を満たしていき、あまりの眩《まぶ》しさに俺はつい腕で顔を庇《かば》う。

ただ、俺はその時、扉の向こうにいた巨大な何かが、俺に向かって倒れてくる……そんな幻影を目にした。

そして――俺の脳内に、とある声が鳴り響いた。

『――来たか』

「!?」

その声は、とても落ち着いた様子の男性のものだった。

突然の状況に困惑していると、声は続ける。

『どうやら困惑しているみたいだが、安心しなさい。悪いようにはしない。薄々気付いているかもしれないが、私は賢者と呼ばれる者だ。名はゼノヴィスというが……どちらかといえば賢者という通り名の方が知られているのでね。よろしく頼むよ、後継者殿』

「!?」

なんと、この声の主は、あの賢者さんのものだった！

あまりにも突然すぎて、ますます困惑してしまうが、賢者さんは続ける。

『さて、それほど時間もない。今回私が伝えたいのは、この場所に置いておいたものについてだ。実は私は昔、地球と呼ばれる異世界に降り立った。そこでヨルノスケという人物と出会い、地球と呼ばれる星の文化に触れることができた。そこで私は、心躍る未知の概念に触れることになったのだ』

あの賢者さんが心躍るって……一体何なんだ？

『そこで、私なりに研究を重ね、その概念に近しいものを造り上げることに成功したのだが……つい張り切りすぎてな。アルジェーナに、とてもじゃないが管理ができないと言われてしまったので、遠く離れたこの星に隠しておいたのだ』

賢者さん⁉　そんな軽いノリでアルジェーナさん……つまり、あの星に置いておけないようなものを造っちゃったんですか⁉

もう何度賢者さんのぶっ飛んだ逸話に驚いたか分からないが、まだまだ探せばとんでもないエピソードが色々と出てくるんだろうなぁ。

『結局、この星に封印するまでに数回しか使わなかったのだが……それでも私としては非常に満足のいく出来だ。まあ使ってやってくれ』

賢者さんから見ても満足する出来って、本当にヤバいんじゃ……？

思わず顔を引きつらせていると、賢者さんの声は徐々に薄れていった。

『さて、この場所にたどり着いた後継者よ……せいぜい楽しんでくれ。私の物は、もう君の物なのだから――――』

賢者さんの声が消えていく中、俺だけでなく、その場にいる皆《みんな》が激しい光に耐えている
と、やがて光は徐々に収まっていった。

「っ……え？」

元の明るさに目が慣れ、改めて開いた扉の向こうに目を向けると――そこには、何も存
在していなかった。

「か、空っぽ？」

『そんなバカな……』

オーマさんも信じられないといった様子で扉の向こうに入っていった。

俺たちも慌ててそのあとを追うように扉の中に入るが、やはり何もない。

ただ巨大な空間が広がっているだけだった。

「何もないね？」

「何もないね」

「……部屋の壁の素材自体は、今まで通って来た廊下と何ら変わらん。どちらにせよ、見
慣れない素材だが……」

《随分と仰々しい演出だった割に、拍子抜けだな》

ウサギ師匠の言う通り、未《いま》だに信じられない。

「わふ……」

「ブヒ」

「ぴ？」

ナイトたちも部屋の中を色々見て回ってくれていたが、結局何も見つけられなかった。

すると、オーマさんは首を傾《かし》げた。

『妙だ……扉を開けるまでは、その向こうの部屋から賢者の気配を強く感じていたというのに、その気配が一気に消えた……一体どうなっている？』

誰もがこの状況に困惑していると、イリスさんがふと気付いた様子で俺を見た。

「あら？　ユウヤ君、そんな腕輪してたかしら？」

「え？」

イリスさんの視線の先を俺も見ると、何と俺の腕に何やら見慣れない腕輪が装着されていた！

「な、なんだこれ⁉」

身に着けた記憶が一切ないため、慌てて外そうとするが……。

「ふっ……んん⁉　ん、んぐぐぐ！」

どれだけ引っ張っても、俺の腕から外れてくれない！　ウソだろ⁉

すぐに【鑑別《かんべつ》】のスキルを発動させると……。


【契約の腕輪】……契約の腕輪。


スキルの意味！

アイテムの名前と説明が一緒ってどういうこと⁉　そもそも何と契約したの⁉

怒濤《どとう》の勢いで湧いて出てくる疑問に混乱していると、オーマさんが腕輪に近づいた。

『……なるほど。この部屋で感じていた賢者の気配は、その腕輪からだったのか……』

「え、えっと……つまりこれは？」

『おそらくだが、その腕輪こそ、賢者の遺産なのだろう。どうだ？　使い方は分かるか？』

「全然」

『まあヤツのことだ。何かのタイミングで使い方が分かるように仕組んであるに違いない』

「だといいんですけど……」

スキルで調べても何も出てこないし、魔力を流してみたりもしたが、うんともすんとも言わないのだ。

ただ、オーマさんの言う通り、このアイテムが賢者さんの遺物なのだとすれば、もはやこの場所に用はない。

部屋から出ると、出現していた扉は煙のように消えてしまった。

「……本当に不思議な建物だ。賢者の魔法は底が見えぬな……」

オーディスさんは扉が消えていく様子を観察しながらそうこぼす。魔法のスペシャリストから見ても、やっぱり賢者さんの魔法は飛び抜けているのだ。

『……うむ。ユウヤが手にした腕輪以外、この場所で賢者の気配を感じるものはないな』

「そう……ですね。俺も特に何かに惹《ひ》かれるといった感覚はなくなりました」

この場所に来るときは何かに呼ばれてるような気がしていたが、腕輪を手にしてからはそれもなくなったので、この場所での用事は終わったと考えていいだろう。

「メルルさん、少し長くなってしまいましたが、ここはもう大丈夫です。行きましょう」

〈分かりました。ここからであれば、エイメル星付近まで一気にワープできるので、すぐに出発しましょう〉

メルルさんの言葉に頷くと、俺たちはこの星を後にするのだった。

第四章　大いなる巨人

優夜《ゆうや》たちが神殿内を探索しているころ、レガル国にて会談が開かれていた。

その会談には、レガル国王であるオルギスだけでなく、アルセリア王国の国王、アーノルドなど、様々な国の王たちが集まっていた。

というのも、まずこの【国王議会】でオルギスは聖女《せいじょ》召喚を行ったことを公式に発表したのだった。

当然、他国から非難されることは目に見えていた。

北の大地に存在するロメール帝国の帝王、シュレイマンは、鋭い視線をオルギスに向ける。

「――オルギス殿。貴殿は自分が何をしたのか、理解しているのか？」

その言葉に続く形で、南のサハル王国の国王、ブラハも口を開いた。

「そうですぞ！　他の世界からの人間の召喚……それはまさに、拉致してきたことと変わりますまい。それに、召喚した聖女の戦力を得て、そなたの国は一体何をするおつもりか？」

二人の意見に賛同するように、他の参加者たちも次々と声を上げ、頷《うなず》いていた。

他の世界から人間を拉致してきたという点と、そんな戦力を保有してどうするのか……

その二点で、オルギスは責められたのである。

だが、そこでこれまで会議を静観していたレクシアたちが言葉を発する。

「皆様もすでにご存じかと思いますが……『邪《じゃ》』は復活しました」

「……」

レクシアたちの言葉を聞いた各国の王たちやオルギスは、悲痛な表情でレクシアを見つめている。

レガル国だけでなく、他の国々でも邪獣《じゃじゅう》の被害が出ており、薄々『邪』の出現に気付いていたのだ。

そのため、各国も『邪』の出現を警戒しつつ、様々な情報を集め、戦力を整えていたのである。

ここまで来て、ようやく本題となる『邪』の復活……それも、究極完全態となったアヴィスの存在について話し合おうとした瞬間——レクシアがさらなる爆弾を落とした。

「ですが……その……『邪』はすでに滅びています」

『は⁉』

「……へ⁉」

「オルギス様、ごめんなさい！　これまで伝えるのを忘れちゃってたの！」

「忘れてたぁ⁉」

その内容は『邪』の復活以上に信じられる内容ではなかった。

何より、この会談を開いたオルギスですら初耳のことだったのだ。

オルギスは衝撃から立ち直ると、すぐに訊《たず》ねる。

「ほ、滅びているとはどういうことだ？」

「そのままの意味です。皆さんが『邪』について心配する必要は、もうありません」

『……』

ただただ唖然《あぜん》とするしかなかった。

これからどうするか話し合うと言ったところで、その標的である『邪』がすでにいないというのだ。

すると、また別の国の国王から声が上がる。

「れ、レクシア王女。それは『聖《せい》』によって倒されたということかな？」

「いいえ。別の者です」

「別の者だと⁉　『聖』以外に『邪』に対抗できる者がいると⁉」

とても信じられないといった様子でざわめく国王たち。

だが、ただ一人、オルギスのみ、とある青年の姿が頭に浮かんだ。

「ま、まさか……」

目を見開くオルギスに対し、レクシアはただ微笑《ほほえ》むだけだった。

＊＊＊

「……すでに『邪』が倒されているとはな……」

レクシアの爆弾発言により、話し合うべきことがほぼなくなったことで、【国王議会】は終了となった。

それぞれの国王が用意された部屋に戻る中、オルギスはレクシアたちに声をかけ、詳しい話を聞くべく、非公式の会談を開くことに。

そして、改めてレクシアたちから詳しい話を聞いたオルギスは、呆然《ぼうぜん》と呟《つぶや》いた。

「……それでは、本当にユウヤ殿が『邪』を倒したと？」

「正確には、ユウヤ様の仲間が、ですけどね」

「……結局、ユウヤ殿の力に他ならんな」

オルギスの言う通り、結果的にナイトたちが『邪』を倒したとはいえ、彼らもまた優夜と契約した存在であり、優夜の力と言っても過言ではなかった。

「どうなっているのだ？　マイ殿と同じ異世界の出身者がいとも簡単に『邪』すら滅ぼすとは……異世界とはそこまですごいのか？」

「い、いえ！　それは違います！　アイツ……ユウヤがすごいだけで、他の人たちは普通ですから！」

「だ、だが、マイ殿も特殊な力を持っているだろう？」

「そ、それはそうですが……私の場合も、私の世界では本当に特殊で、戦う力なんて持っていないような人がほとんどですよ」

必死に地球という存在が変な方向に解釈されないようにする舞《まい》。

「そ、そうか……ならば、マイ殿を召喚したことは無駄だったというのか……いや、『邪』の問題が解決したことは喜ばしいが、そうなるとマイ殿の都合も考えず召喚した我々はどうすれば……」

「そ、そのことなんですけど……ユウヤはこの世界と私の故郷を行き来できるので、私も彼のおかげで元の世界に帰ることができるんです。今まで言えてなくて、すみません……だから、その点は安心してください」

「そうなのか⁉」

ここにきて新たにもたらされた事実にオルギスは目を見開く。

舞によって、優夜と舞が同じ世界の人間だと知ってはいたものの、二つの世界を自由に行き来できることまでは知らなかったのだ。

「な、ならば、マイ殿はいつでも故郷に帰れると……？」

「はい。まあユウヤの家まで行かないと帰れないのは変わらないんですが……」

「それはつまり、ユウヤ殿は賢者の魔法を継承しているということか……」

オルギスの問いに対し、舞はレクシアやルナと顔を見合わせた。

「えっと……どういう魔法かは分からないですけど、ユウヤの家にある扉を通して、向こうの世界と行き来できるんです」

「扉⁉ な、ならば、その扉さえあれば、我々もマイ殿の世界に行けると？」

オルギスは驚きを抑えつつ、新たな世界との交流手段が存在するという事実に、脳内で様々な計算を始めるが、それをレクシアは一刀両断した。

「あまり変なことは考えない方がいいと思いますけど？」

「何？」

「その扉はあくまでユウヤ様の物ですし、ユウヤ様を妙なことに巻き込もうとすれば、創《そう》世竜《せいりゅう》が黙ってないと思いますけど」

「うっ……」

以前、オーマから受けた威圧感を思い出し、オルギスは言葉に詰まった。

「それに、『邪』がいなくなったとはいえ、まだ邪獣は各地に潜んでいるんですから、気を抜くのは早いと思いますよ？」

「……そうだな。それに、妙な連中も最近動いていると聞く」

「え？」

オルギスはため息を吐《つ》くと、レクシアたちを見渡した。

「邪教団と呼ばれる連中を知っているか？」

「邪教団ですか？　それはどの神を崇拝しているのでしょうか？」

「いや、この世界で一般的に認められている教団ではない。『邪』を崇《あが》めている集団だ」

「『邪』を⁉」

「ああ。あまり数は多くはないが、『邪』が復活する前から『邪』による人類救済という大義を掲げて、各国で暗躍していた連中だ。これまで、国に対して直接大きな被害などを出してはいないため、警戒に留《とど》め、特に取り締まったりはしていなかったんだが……最近、その連中が妙に活動的でな」

「そんな集団が……」

初めて耳にした存在に、レクシアは驚いていた。

ただ、ルナだけは闇ギルドに所属していたこともあり、存在だけは知っていた。

「私は、その存在だけは一応知っているが、どんな活動をしているのかまでは知らない。思想こそ危険だが、これまでに大きな事件を起こしたわけでもないからな。アルセリア王国内にも邪教徒はいたが、やはり捕まったという話も特に聞かなかったな……」

「だろうな。崇めている存在が存在なだけに、これまでも警戒は続けてきたが、特に動きはなかったからな。だが、ここ最近になって活動が活発になったことからも、『邪』の復活については、我らだけでなく、邪教徒たちも感じていたのだろう……しかし、その『邪』が滅ぼされた今、彼らは別の動きをし始めているに違いない」

「別の動き？」

「ああ。恐らく『邪』が滅ぼされたということは教団の連中も気付いているのだろう。そして、最近は様々な場所で何かを探し回っている邪教徒たちが目撃されている」

「それって『邪』に関するものなんでしょうか？」

「それは分からん。ただ、物を探しているようにも、人を探しているようにも考えられる。今まで実害がなかったとはいえ、あまり放置できる問題ではない。そこで教団連中の拠点を捜索したのだが……もぬけの殻だった」

「それじゃあ逃げたってことですか？」

　舞の問いに対し、オルギスは神妙な表情で頷いた。

「ああ。恐らく、我らの動きを察知したのだろうな。それに、目的のものをすでに見つけた可能性もある……どちらにせよ、ヤツらが何を探していたのか分からない今、我らは警戒を続けることしかできん」

「で、でも、『邪』は滅びたわけで、それ以上の存在なんていないんじゃないですか？」

「さあな……最悪の場合、滅ぼされた『邪』をより強化した上で復活させる方法を見つけた……なんてことも考えられるだろうな」

「「……」」

　オルギスの語る最悪の状況を想像し、レクシアたちは黙ることしかできなかった。

＊＊＊

〈――ワープ、解除します〉

賢者さんの遺物を手にし、再びエイメル星へと出発した俺たち。

ドラゴニア星人から襲われるといったこともなく、無事にワープを成功させることができた。

「何度考えてもすごいわよねぇ。こんな広大な宇宙を簡単に移動できるなんて……」

「でも場所の違いが分からないよね？　本当に移動してる？」

「うん、場所の違いが分からないね。でも移動してると思うよ」

ルリとリルの言う通り、ワープしたと言われても、正直周囲の変化がそこまで分からないので、あまり移動したという気持ちになれなかった。

まあ地球はすでに見えないので、移動しているのは間違いないが、宇宙船の移動速度がすごいので、地球でちょっと遠出するくらいの感覚になってしまう。

そんなことを考えていると、メルルさんが声を上げた。

〈皆さん、そろそろエイメル星に到着します〉

《ふん……ようやくか》

「常に暗い宇宙という場所では、時間感覚がおかしくなるな。実際、出発してからどれくらい経過したのだ？」

〈ワープ機能も使用してるので、そこまで皆さんの体感時間とズレはないはずですが……

だいたい十時間ほどでしょうか？〉

「一日もかけずに移動できるのだな……」

オーディスさんの言う通り、そんな飛行機で海外に移動するような感覚で、星と星の間を移動していることに驚いた。

〈あ、皆さん、見てください！　あちらがエイメル星で――え⁉〉

メルルさんの声につられ、一斉にメルルさんと同じ方向に視線を向ける。

そこには地球によく似た、青い惑星が操縦席の窓に広がっていた。

ただ、その惑星の周辺に――ドラゴニア星の宇宙船が大量に浮いていたのである。

〈襲撃されてる⁉〉

ドラゴニア星人たちの宇宙船は、次々とエネルギー砲を惑星に向けて発射している。その威力はすさまじいもので、もしその一発でもこの宇宙船が被弾すれば、ひとたまりもないだろう。

だが、エイメル星は、ルリとリルが展開した魔力障壁のようなもので覆われており、ドラゴニア星人たちの攻撃を凌《しの》いでいる。

他にも、ドラゴニア星人たち以外の宇宙船……おそらくエイメル星人のものと思われる宇宙船が何隻か出撃しており、ドラゴニア星人の宇宙船と激しく交戦していた。

しかし、そもそもの数で圧倒されているため、どう見ても不利なのは明らかだ。

「ちょっと、とんでもない数じゃない！　これがヤツらの一部なんて言わないわよね⁉」

《だとすれば、いくら俺たちであっても倒しきれんぞ》

イリスさんとウサギ師匠が険しい表情でドラゴニア星人たちの宇宙船を見つめていると、正気に返ったメルルさんが首を振る。

〈い、いえ！　どうやらドラゴニア星人たちは本気でエイメル星を滅ぼしに来たようです！　その証拠に、あそこに浮かんでいる巨大な宇宙船こそ、ドラゴニア星人たちの母艦……ドラグーンです！〉

メルルさんの指し示す方には、今まで戦ってきたドラゴニア星人たちの宇宙船とは比べ物にならないほど、超巨大な宇宙船が浮かんでいた。

巨大な竜を模したその船は、大量の兵器で完全武装されている。

〈まさか、戦争に決着をつけようと……⁉　急がないと……！〉

メルルさんがすぐに端末を操作し、俺たちの宇宙船は加速しながらエイメル星へと接近していく。

すると、そんな俺たちにドラゴニア星人たちも気付いたようで、何隻もの宇宙船がこちらに向かってきた！

「すんなりとは行かせてくれないみたいね……！」

《また俺たちが外に出て迎え撃つぞ！》

ウサギ師匠に続き、俺たちはすぐに宇宙空間へと飛び出し、ドラゴニア星人たちの宇宙船目掛けて突撃した。

すると、先ほどの戦闘の時とは違い、何と宇宙船から大量のドラゴニア星人たちが出撃して来た。

「あれって……あの時のクローンか！」

ドラゴニア星人たちは優れたクローン技術を持っており、無尽蔵に兵士たちを生み出し、戦場に投入してくるのが常套《じょうとう》手段らしい。

その結果、今回は宇宙船だけでなく、ドラゴニア星人たちも相手にしなければならなくなった。

「鬱陶しいわね……！【天聖斬《てんせいざん》】！」

イリスさんは『聖《せい》』の力を剣に纏《まと》わせながら、横薙《な》ぎに巨大な斬撃を放つ。

その斬撃は次々とドラゴニア星人たちを消し飛ばすが、またしても大量の兵士たちが投入されてくる。

「もう！　倒しても倒しても、キリがないじゃない！」

『大本を叩《たた》かねば無限に湧き出るぞ。その雑魚《ざこ》どもは無視して、浮いている宇宙船を破壊しろ』

「それができないから雑魚から消してるんじゃない！」

イリスさんの言う通り、敵の宇宙船に近づこうにも、大量のドラゴニア星人たちにより、なかなか接近することができなかった。

このまま闇雲にツッコめば、混戦することは間違いなく、群がられてやられる可能性もある。

《ここに奴《やつ》らの全戦力が集まっているということが唯一の救いだが……あの時の部隊長クラスの存在もこの場にいることを考えれば、力は温存しておきたいものだな！》

ウサギ師匠はそう言いながらもドラゴニア星人たちを次々と蹴り飛ばしては、魔法をうまく駆使して宙を軽やかに移動し、隙を突いては宇宙船への攻撃を仕掛けていた。

確かに、ドラードのような強力な敵が出てきた時を考えれば、ここで全力を出すわけにはいかない。

そんなことを考えたのが悪かったのだろうか。

なんと、新たに相手の宇宙船から、数人のドラゴニア星人が姿を現した。

そのドラゴニア星人たちは他のドラゴニア星人たちとは異なり、しっかりとした防具に

身を包み、それぞれが様々な武器を構えている。

そして、その中には見知った顔があった。

〈──また会ったな、辺境の戦士よ〉

「ドラード……!?」

なんと、地球で倒したはずのドラードが、新たに現れたドラゴニア星人の一人として立ち塞がったのだ!

あの時、俺の攻撃は確かにドラードを貫いた。

だが、今のドラードにはその時の傷も見当たらず、完治しているように見える。

驚く俺に対し、ドラードは獰猛《どうもう》な笑みを浮かべた。

〈あの時、この俺を殺さなかったのは間違いだったな。我らがドラゴニアの技術を用いれば、あの程度の傷、いくらでも回復できるのだ〉

確かにあの時は、ドラードを倒した直後、他のドラゴニア星人たちにドラードが回収され、逃げられてしまった。

そのドラードが、こうして完全な状態で再び現れたのには驚いたが、それと同時に納得もできる。

今までメルルさんが使ってきた宇宙の技術を考えれば、特別不思議なことでもないのだろう。

すると、他の部隊長らしきドラゴニア星人が、ドラードをからかう。

〈おいおい、お前、あんなヒョロヒョロの連中に負けたのかよ⁉　だっせぇなぁ？〉

〈……先に貴様から殺してもいいんだぞ？〉

〈あんな雑魚に負けたお前が、俺に勝てると思ってんのかよ？　まあ見てな、俺たちなら一瞬で終わらせるぜ？〉

そんなドラゴニア星人の言葉を無視し、ドラードはまっすぐこちらを見つめた。

〈あの時は俺たち第三部隊だけだったが、今は違う。この数を相手に、戦えると思っているのか？〉

「……どうなろうとも、俺たちは全力で戦うだけだよ」

〈そうか……ならば、今度は俺が貴様に敗北を与えてやろう……！〉

「くっ⁉」

一瞬にして距離を詰められ、槍《やり》による攻撃を受けた俺は、すぐさま【絶槍《ぜっそう》】を取り出して何とかその攻撃を防ぐ。

するとドラードは獰猛な笑みを浮かべた。

〈前回は敗北したが、今回は違う。この場にいる、俺と同じ部隊長たちが、お前たちを直々に殺してやろう！〉

「そんなこと……させるか！」

こうして、俺たちは再び激突するのだった。

＊＊＊

「ユウヤ君！」

〈——おっと、アンタの相手は俺っちだ〉

「⁉」

イリスが優夜の方へ駆け付けようとしたところで、ドラードと似た装備に身を包む、ドラゴニア星人がイリスの前に立ちはだかった。

「……私はユウヤ君のところに行かなきゃいけないの。どいて」

〈おいおい、んなツレねぇこと言うなよ？　そんなに行きたきゃ……俺っちを倒してからにしな！〉

そう口にし、イリスへと斬りかかるドラゴニア星人。

そのドラゴニア星人は、ドラードと異なり、剣を操っている。

しかも、ただの長剣ではない。

イリスの身長と同じくらいの巨大な大剣を軽々と扱っている。

〈俺っちはドラゴニア星第二部隊隊長、ドラッドだ〉

「……」

名乗るドラッドに対し、イリスは冷静な表情を変えないまま、口を開くことなく剣を振るう。

〈俺っちに名乗る名なんてねぇってか？　寂しいねぇ。なら――名乗らせるまでよ〉

「⁉」

突然鋭い目つきに変化したドラッドは、手にしている剣を素早く振るう。

特別な技術を用いたわけでもなく、ただ驚異的な腕力のみで振るわれたその剣は、周囲のドラゴニア星人すらも巻き込み、簡単に細切れにしてしまった。

「……アンタたちの仲間じゃないの？」

〈はあ？　こんな使い捨てが？　馬鹿言うんじゃねぇよ。所詮、敵を消耗させるための道具だよ。それに、俺っちの近くにいるのが悪い。使えねぇんなら、気を利《き》かせて失《う》せろってんだよっ！〉

「!」

力任せに振り下ろされた一撃に対し、イリスはすぐに防御という選択を捨て、その場から飛び退《の》いた。

すると、十分な距離をとったにもかかわらず、とんでもない衝撃波がイリスを襲った。

「クッ！　何て馬鹿力……！」

〈おいおい、何驚いてんだよ？　まだちっとも本気を出しちゃいねぇぞ！〉

まるで嵐のように襲い掛かる巨大な剣に対し、避《よ》けられないことを悟ったイリスは、剣を正眼《せいがん》に構えると、ゆっくり息を吐きだした。

そして――――。

「――――【風柳斬《ふうりゅうざん》】！」

〈あ!?〉

なんと、イリスは襲い掛かる衝撃を、まるで柳のように受け流し、さらにドラッドの体に次々と傷を与えていったのだ。

その一つ一つの攻撃は決して大きな威力ではないものの、体中を無数に切り刻まれたドラッドは顔をしかめ、イリスから距離をとる。

〈ってぇじゃねぇか……ああ⁉〉

「……」

激昂《げきこう》するドラッドに対し、どこまでも澄んだ表情を浮かべるイリス。

〈テメェ……名前がどうとか、どうでもいい。この場でグチャグチャにして潰してやる！〉

そんなイリスの態度に、ますます怒りを覚えたドラッドは、さらに激しく攻撃を始めた。

ドラッドは剣を振る風圧だけで周囲のドラゴニア星人のクローン兵を切り刻みながら、巨大な暴風となって襲い掛かった。

その一撃は小規模な隕石《いんせき》程度であれば軽く粉々にしてしまうほどで、とても人間が近づけるような威力ではない。

だが、イリスはそんなドラッドを前にしてもなお、冷静なままだった。

「――――野蛮ね」

〈ああ⁉〉

荒れ狂う剣の暴風の中を、涼しい顔をして進むイリス。

剣どころか風圧すらスルリと受け流し、ついにドラッドの懐《ふところ》へと潜り込む。

〈なっ⁉〉

「これで終わり――【天聖斬《てんせいざん》】！」

真下から振り上げられたイリスの剣は、ドラッドを股下から脳天まで一気に斬り裂くと、そのまま他のドラゴニア星人の兵士たちや宇宙船をも巻き込み、消滅させた。

「獣のような剣じゃ、人間の剣には勝てないの。覚えておきなさい……って言っても遅いわね。それよりもユウヤ君を助けなきゃ……！」

ドラッドが消滅した場所をしばらく眺めていたイリスだったが、急いで優夜の方に向かっていくのだった。

＊＊＊

《なるほど。俺の相手はお前というわけだな》

〈……〉

一方、ウサギはまた別のドラゴニア星人の一人と対峙《たいじ》していた。

そのドラゴニア星人は武器を持っておらず、籠手《こて》と脚甲を装着している。

《見たところ徒手格闘で戦うようだが……》

〈……見慣れぬ小動物だ。だが、この場にいる以上、容赦はせん〉

そう告げながら構えるドラゴニア星人に対し、ウサギは面白そうに笑う。

《ククク……小動物として扱われるのは久しぶりだ。安心しろ。容赦も遠慮もいらん。どうせお前は、ここで俺に負けるのだからな》

〈フン……この第一部隊隊長のドランが、貴様ごときの小動物に負けるだと？　面白い冗談だ……！〉

ドランと名乗ったドラゴニア星人は、一瞬にしてウサギとの距離を詰め、その小さい体に容赦なく蹴りを叩《たた》き込んだ。

だが……。

〈!?〉

《言っただろう？　容赦も遠慮もいらんと》

ウサギはドランの蹴りを、同じく蹴りで迎え撃つことで、その攻撃を難なく相殺《そうさい》してしまった。

ドランはすぐに距離をとると、獰猛な笑みを浮かべる。

〈フフ……小動物のくせに生意気だな。その程度の力で狩人《かりゅうど》側に回ったつもりか？〉

《……》

〈どこでそのような力を身に付けたかは知らんが……思いあがるなよ……！〉

ドランは体に闘気のようなものを纏《まと》うと、最初とは比べ物にならない速度でウサギに詰め寄り、そのまま一気に体を沈めて、ウサギの体を打ち上げるように強烈な拳を放った。

〈ぬうううううん！〉

ただの拳による攻撃であるにもかかわらず、その拳からは幾重もの衝撃波が放たれ、周囲のドラゴニア星人のクローン兵だけでなく、宇宙空間に漂う小惑星をもいとも簡単に破壊していく。

だが、ウサギはそんな攻撃を前にしてなお、焦《あせ》ることなく軽やかに跳びあがると、ドランの拳の上に立った。

〈なっ⁉〉

《吠《ほ》えた割にはその程度か？》

〈っ……ほざけ！〉

《ほう？》

拳の上に立つウサギに対し、ドランの籠手は一瞬にして変化すると、突如そこからエネルギー砲が発射された。

しかし、ウサギはそんな攻撃にも焦ることなく、余裕の態度で跳びあがって砲撃を避けた。

《どうした？　その装備は飾りか？》

〈舐《な》めるな！〉

ウサギに挑発され、様々な兵器を展開するドラン。

ドランの籠手にはエネルギー砲の他に、エネルギーシールドも搭載されており、防御面もカバーされている。

さらに脚甲にはジェット機構が搭載されており、さらに爪先部分にもまた、籠手と同じくエネルギー砲を備えている。

そんな兵装を駆使し、ドランは次々と強力な攻撃を放つが、ウサギはそのどれもを軽やかに避けていった。

その上、ウサギはドランの攻撃を避けつつ、その攻撃からドラゴニア星人の特徴を分析していた。

《ふむ……武装は俺の知らぬものばかりだが、純粋な戦闘力はそれほど高くないようだな》

〈なんだと⁉　何が言いたい！〉

《武器ばかり派手な割に、技術が伴ってないと言っている。だから……すでに一人、貴様の仲間は倒されたぞ？》

〈なっ……ドラッド⁉〉

ウサギの言葉に反応し、すぐにイリスと戦っていたドラッドに視線を向けるドラン。

その瞬間、ちょうどドラッドがイリスに斬り裂かれる様子が目に入った。

そして……。

《――よくもまあ、簡単によそ見ができたものだ》

〈⁉〉

ウサギはドランが視線を外した一瞬を見逃さず、そのまま懐に潜り込むと、その小さな体を活《い》かして、胴体に鋭い蹴りを放った。

《【蹴閃《しゅうせん》】》

〈があっ⁉〉

防御する間もなく蹴りを受けたドランは大きく吹き飛ばされる。ウサギはそのまま体勢を立て直す暇すら与えず、一瞬にしてドランの背後に回り込むと、今度は背中を蹴り上げた。

《【天脚《てんきゃく》】》

〈がふっ⁉〉

元々地面が存在しない宇宙空間では、魔法や科学技術によって体勢を整えなければ踏ん張るのは難しい。

そのため、ドランは受け身をとることもできず、そのまま上へと打ち上げられた。

そこで何とか体勢を整え、ウサギの位置を探ろうと必死に周囲を見渡す。

〈ど、どこだ⁉　どこに――――〉

《――ここだ》

〈ぐえええええええ！〉

いつの間にかドランの頭上に移動していたウサギは、ドランの脳天に蹴りを叩き込んだ。

そのますます凄い勢いで急降下していくドラン。

〈ありえん……こんなはずでは……！　我がドラゴニアの技術が詰まった兵装が……！　何故《なぜ》効かぬ⁉　たかが小動物の攻撃がどうして……！〉

《――――【星落とし】》

ウサギは魔法で足場を作りつつ、さらに優夜から学んだ魔法を駆使して足に魔力を纏わせると、落ちていくドランにまるで車輪のように回転しながら接近し、強烈なかかと落としを叩き込んだ。

今ウサギが放てる中で最高の一撃は、周囲に衝撃波を放ち、近くに控えていた宇宙船もろとも吹き飛ばした。

ドラッドのように消えていくドランを見つめ、ウサギは鼻を鳴らす。

《フン。小動物だからどうした。俺という存在に、お前が負けた。ただそれだけだ》

消えていくドランに背を向けると、ウサギは優夜の元に向かうのだった。

＊＊＊

〈なんだあ？　辺境の星じゃあペットも使わねぇといけねぇくらい、戦力が足りねぇのか？　ああ？〉

「グルル……」

「ふご」

「ぴ」

ナイトたちもまた、ドラゴニア星人の部隊長の一人と対峙していた。

〈向こうは面白そうな連中を相手にしてるってのに、この俺はペットの始末かよ。え

え？〉

そうぼやくのは、第四部隊隊長のドラクルだった。

ドラクルは他の部隊長に比べて分厚い装甲を身に纏い、手には巨大な斧《おの》を装備している。

しかも、その装甲には各種エネルギー砲やシールドも備えており、防御力はドラゴニア星人の中でも随一だった。

そんな相手に、ナイトだけでなく、今回はアカツキも参加して戦うことに。

ドラクルはナイトたちを見下ろし、つまらなそうに鼻を鳴らすも、シエルに目が留まるとあることを思い出した。

〈んあ？　そういやぁ、そこの鳥、ドラードの報告書で見たなぁ……確か、未知の力を持ってるんだったか？　コイツを捕まえりゃあ逃がしたドラードに自慢できる上に、陛下から恩賞が出るかもしれねぇ……ククク。つまらねぇ相手だと思ったが、こりゃあ当たりか？〉

「ぴぃ……」

「グルル……ウォン！」

ドラードに連れ去られそうになったことを思い出し、悔しそうなシエルを見て、ナイトは怒ると同時に魔法を放った。

だが、その魔法を見てもドラクルは顔色一つ変えず、無造作に腕を振るだけで魔法を消し飛ばしてしまった。

〈あん？　動物のくせに魔法が使えるのか？　ますます気に入ったぜ！〉

「わふ⁉」

その巨体に似合わず、俊敏な動きでナイトへ突撃するドラクル。

手にしている斧を振り上げると、そのままナイトへ振り下ろした。

〈オラ、潰れろよ！〉

「ウォン！」

急いでその場から飛び退《の》いたナイトだったが、その先にはすでにドラクルが待ち構えており、再び斧を振るう。

〈畜生ごときがこの俺から逃げられると思ってんのかよぉ！〉

「キャン⁉」

「ぴ⁉　ぴぃいいい！」

ナイトが吹き飛ばされたことで、シエルが怒りの炎を上げると、そのままドラクルに突撃する。

すると、ドラクルはその攻撃に目を見開いた。

〈うお⁉　これがドラードの言ってた未知の力か！〉

「ぴぃいいい！」

青い炎によって強化されたシエルの一撃は、あのアヴィスですら吹き飛ばすとんでもないものだった。

だが、すでにシエルへの対処法を知っているドラクルは、馬鹿にしたような笑みを浮かべた。

〈ハッ！　やっぱ動物はバカだなあ？　俺たちがテメェの対策をしてねぇわけねぇだろ⁉〉

「ぴぃ⁉」

ドラクルが胸部装甲に手を当てると、その部分が六つのパーツとなって飛び出し、シエルの周りを囲うように展開された。

まるで檻《おり》のように構築されたパーツからはそれぞれエネルギーが放出され、その中心部に強烈な引力を発生させる。

その瞬間、ドラクルへと向かっていたシエルは、その檻の中心部に引き寄せられ、その場から身動きが取れなくなった。

「ぴ！　ぴぃぃいい！」

「フゴ⁉　ブヒブヒ！」

アカツキが慌てて助けようとするも、本来戦闘力のないアカツキではどうすることもできない。

〈ぎゃははは！　畜生の分際でこの俺に逆らうからこうなるんだよぉ！〉

「ブヒ！　ブヒ！」

悠々とした足取りで近づくドラクル。

そんなドラクルを前にしても、アカツキは何とかシエルを脱出させようと奮闘する。

「ぴぃ！　ぴぃ！」

「フゴ！　ブヒ！」

シエルはアカツキだけでも逃げるように訴えるが、アカツキはそんなシエルの言葉に首を振り、必死に檻を攻撃し続けた。

〈おいおい、雑魚《ざこ》のお前がんなことしたって、俺の檻が壊せる訳ねぇだろ？〉

「ブヒ！」

最後の抵抗と言わんばかりにアカツキがドラクルを威嚇すると、ドラクルは嗜虐《しぎゃく》的な笑みを浮かべた。

〈クッ……ぎゃははは！　この俺と戦おうってか⁉　たかが豚の分際で⁉〉

ひとしきり笑ったドラクルは、すぐに笑みを消した。

〈はぁ……ウゼェ。もういいや、殺しちまうか〉

「!?」

〈畜生の分際で鬱陶しいんだよ！〉

獰猛《どうもう》な視線を向けたドラクルは、まず初めにアカツキを潰すべく、ゆっくりと手を伸ばす。

〈安心しろよ。苦しいのは一瞬だからよ。おら、ここでお前は――――〉

「――――ウォオオオオオオオオオオン！」

――――突然、すさまじい咆哮《ほうこう》が宇宙に響き渡った。

その咆哮は周りの宇宙船を破壊し、大量のクローン兵たちをも粉砕していく。

〈があああっ⁉　な、なんだ⁉〉

ドラクルは咄嗟《とっさ》に耳を塞ぎ、周囲を見渡した。

その瞬間、ドラクルはすさまじい衝撃を受け、小惑星を破壊しながら吹き飛ばされる。

〈ぐほおああああ⁉〉

数百という小惑星を破壊したところで、ようやく体勢を整えることに成功したドラクルは、口から大量の青い血を吐きながら、必死に攻撃してきた存在を探した。

〈な、なんだ、何が起きてやがる⁉〉

「――――ウォン」

〈へ――――〉

音もなくドラクルの背後に降り立った一つの影。

ドラクルが慌ててその影に目を向けると、そこには巨大な【夜】が立っていた。

〈は、は？　な、なんだよ……何なんだよ、お前は……⁉〉

夜空を想起させる漆黒の毛並みに、紅《あか》く輝く鋭い瞳。

巨大な身体から漂う風格は、創世竜《そうせいりゅう》にも引けを取らない。

そんな狼のことをアカツキたちはよく知っていた。

「ぶ、ぶひ」

「ぴ、ぴぃ」

それは、ドラクルによって吹き飛ばされた、ナイトだった。

今まで幼い姿でしかなかったナイトが、初めて大きく立派な姿となって現れたのだ。

これは今までナイトが使用できなかったスキル、【夜神狼《やしんろう》の神威《かむい》】の効果だった。

このスキルは、ナイト自身が幼かったこと、スキルを発動させる条件が揃《そろ》っていなかったことなどから、これまで使うことができなかった。

しかし、先日のドラードとの戦闘で、自分が何もできなかった無力感と、それを今回のドラクルとの戦闘でもう一度体験したこと。

それに、アカツキが体を張ってシエルを助けようとしていることで、さらに燃え上がる無力な己に対する怒り。

そして、一番のトリガーは、ナイトのスキル名にもある……【夜】。

異世界や地球では、【夜】に時間という制限があるのに対し、宇宙は空間そのものが、陽《ひ》の光が存在しない【夜】であるため、ナイトの体に知らないうちにスキルを解放するための力が蓄えられていたのだ。

これらすべての条件が揃ったことで、ナイトは本来まだ使用できないはずのスキルを発動し、オーマに並ぶ戦闘力を持つ、立派なブラック・フェンリルへと姿を変えたのだった。

冷静にドラクルを見つめていたナイトは、視線をシエルに移すと、再び軽く吠《ほ》える。

「ウォン」

「ぴ？　ぴ！」

〈なっ⁉〉

ただそれだけで、シエルを捕らえていた檻は破壊され、シエルは再び自由となった。

だが、シエルに視線が向いたことにより、一時的にナイトの意識から外されたドラクルは、すぐに斧《おの》を構えると、その一瞬の隙を突いてナイトに攻撃した。

〈馬鹿が！　この俺から目を逸《そ》らしやがって！〉

「ぴ⁉」

「ぶひ！」

すさまじい力が込められた一撃をナイトに与えようとするドラクルに対し、慌ててシエルたちが止めに入ろうとするも、それは間に合わなかった。

〈ぶわああああか！　死ねやあああああああ！〉

容赦なく放たれた、ドラクル渾身《こんしん》の一撃。

だが……。

「……ウォン」

〈は……は？〉

消し飛んだのは、ドラクルの斧だった。

自身の手から消えていく斧を、呆然《ぼうぜん》と眺めるドラクル。

すぐに正気に返ると、全身の装甲に搭載されたエネルギー砲を至近距離で発射した。

〈な、何をしやがった、テメェエエエエ！〉

しかし、そんな猛烈すぎるドラクルの攻撃も、あっさりと打ち砕かれた。

「ウォン」

また、一つ吠えたナイト。

すると、その声だけでナイトに迫っていた砲撃は霧散し、それどころかドラクルの全身装甲が一瞬にして砕け、ドラクルは全身の骨すら粉砕されながら無様に宙を舞った。

〈あがっ……があああ……⁉〉

もはや空中で体勢を整えるどころか、身動き一つとれないドラクル。

そんな彼を押し潰すように、ナイトは腕を振り上げ――――。

「ウォフ」

〈ひぃ⁉　ま、待っ――――〉

ナイトが腕を振り下ろすと、ドラクルを含め、周囲のクローン兵や宇宙船は、塵《ちり》となって消えていくのだった。

その様子を静かに眺めていたナイトだったが、突然苦しそうに呻《うめ》きだす。

「ゥオゥ……グルル……」

「ぴ⁉ ぴぃ！」

「ふご！ ぶひ！」

慌ててシエルとアカツキが駆け寄り、それぞれのスキルを駆使して何とかナイトを助けようと試みた。

だが、ナイトは回復するどころか一層苦しみ、最後に大きな遠吠えを上げる。

「ウォオオオオオオオオン！」

そして、そのままナイトは力尽きるように倒れ込むと、ナイトの体が光り始める。しばらくして光が収まると、そこにはいつもの幼いナイトが横たわっていた。

「ぴぃ！」

「ぶひ！」

シエルたちが全力でそれぞれのスキルを使用すると、ナイトは微《かす》かに唸《うな》り、静かに目を開ける。

「ゥー……わふ？」

「ぴ！　ぴぃ！」

「ふご！」

「わふ？」

シエルとアカツキがすぐにナイトに抱き付くが、ナイトは何が何だか分かっていない様子で首をひねった。

いつもの状態に戻ったナイトには、覚醒していた時の記憶がなかったのだ。

ひとまず目を覚ましたはいいものの、体力を著しく消耗していることに変わりはないため、ナイトたちは優夜の方を心配そうに見つめながら、優夜の無事を祈るのだった。

＊＊＊

『あれは……ブラック・フェンリルだと⁉　どうしてここに⁉』

「返答。あれはナイト。ここまで一緒にいた」

『あれが⁉　ユウヤ殿の家族はどうなってるんだ……』

優夜たちがそれぞれの部隊長を相手にしているころ、メルルが必死に操作する宇宙船の上に佇《たたず》むユティと、ドラゴニア星人の宇宙船から放たれる砲撃を相手にしているオーディスは会話をしていた。

いきなり現れた伝説の存在に、オーディスだけでなく、メルルたちも驚愕《きょうがく》している。

〈あ、あれがナイトさんの本当の姿なんですか……〉

「すごいね!?」

「すごいね!」

ルリとリルも興奮する中、今まで呑気《のんき》に寝ていたオーマが、欠伸《あくび》をしながら口を開いた。

『ふわぁ……まだ覚醒は先だと思ったが、まさかここでするとはな。まあ完全な覚醒ではないようだが……フフフ。やはり我と並ぶ種族と言われるだけある。完全ではないくせに、身震いするような気配だな』

優夜と行動する中で、一度もそんなことを口にしたことがないオーマが、ナイトから放たれる気配にそう答えた。

それはつまり、文字通り創世竜と並ぶ力をナイトが持っている証拠だった。

「首肯。ナイトはできる子」

『そうだな。子供の段階であそこまで利口だと、成長した時が末恐ろしいな』

『……よく分からんが、もうあのブラック・フェンリルの姿が見えないのは何故《なぜ》だ?』

オーディスさんがそう訊《き》くと、オーマさんは再び寝そべりながら答える。

『簡単なことよ。先ほども言ったが、あれはまだ完全な覚醒ではない。肉体への負担が大きすぎるのだ。だから、しばらくはあのスキルを使うことはできないだろうな』

『そうか……あの力があれば、この戦いも一瞬で終わっただろうが……仕方がない』

オーディスの言う通り、もしナイトがあの覚醒状態を維持できたのだとすれば、この戦いは文字通り一瞬で決着がついただろう。

だが、まだ初めての覚醒ということもあり、力を制御するのもままならなかったナイトは、ドラクルを倒した直後、いつもの様子に戻っていた。

もし、あの状態のナイトが何も考えずに暴れ回ることになれば、ドラゴニア星人どころか優夜たち、それにエイメル星すら滅ぼしかねなかった。

しかし、そのことを本能的に察知していたナイトは、ドラクルを倒した段階で、自身の覚醒状態を解除したのだ。

これこそが、オーマから見て、ナイトの潜在能力が恐ろしいと感じる理由だった。

とはいえ、ドラード以外のドラゴニア星人の幹部は倒せたものの、まだドラードやクローン兵、そして一番の問題である、超巨大宇宙船・ドラグーンが残されていた。

『それにしても……イリスたちも随分と派手に戦ったようだな。ナイト殿のように圧倒は無理だとしても、もっと苦戦するかと思ったが……』

「当然。イリスたちは強い。ただ、敵の宇宙船の数はキリがない……」

〈くっ……！　やはり数が多すぎますね……！〉

「うーん、この船を防御するための魔力、いつまでもつかな？　結構辛《つら》いよ？」

「うん、とても辛いね」

メルルがドラゴニア星人の宇宙船から放たれる砲撃を必死に回避している中、宇宙船内では【魔力障壁】を展開しているルリとリルが困った様子で声を上げた。

「メルルさん大丈夫？」

〈ルリさん、すみません……！　お二人の負担を少しでも減らせればいいんですが、この数だとやはりどうしても被弾が……〉

「それは仕方ないいんじゃないかな？」

「それは仕方ないね。こんな数を私たちだけで相手にするのがおかしいもん」

「それに関しては弟子に同感だ。どう見てもこの状況は不利でしかない。それどころか、本当ならば戦いにすらならないだろう。ただ、イリスやウサギに予想以上の実力があったからこそ、このようにまだ戦うことができている。どうやら二人は敵の幹部を倒せたようだし、私たちの仕事はこの船を守ること、それとできれば敵の宇宙船団のいくつかを撃ち落とすことだろうな」

〈それは理解してますが、この船の兵装では敵の宇宙船とまともに戦うことも難しく……。

私自身が打って出れば、回復した武装モードで一、二隻は撃ち落とせると思いますが……〉

「この船を唯一操縦できるメルル殿が出撃するのは困る。それに、数隻落とせたところで不利な現状は変わらんだろう。ウサギたちが敵の船をばんばん落としてくれればいいんだが……」

「師匠ー。そんなことできるんですか？」

「できるだろうな。さすがにあのひと際《きわ》馬鹿でかい船を落とすのは無理だと思うが、他ならいけるはずだ」

「じゃあ師匠はー？」

「……私はこちらに向かってくる砲撃を撃ち落とすので忙しい」

言葉を濁したオーディスに対し、ルリとリルは煽《あお》り立てた。

「あ！　師匠が逃げた？」

「うん、師匠が逃げたね」

「あの二人すごいもんねー？　でも師匠はそこまですごくないんだね？」

「ルリ、あの二人と比べたら可哀《かわい》そうだよ。師匠は引きこもりなんだし」

「そっかー。それもそうだね？」

「うんうん。そうだよ」

「……言いたいことはそれだけか？」

「ひっ⁉」

「仕方ない……そこまで言うのなら、よく見ておけ」

散々な言われように、オーディスは額に血管を浮かべながら、宇宙船の上でオーディスと一緒に敵からの砲撃を撃ち落としていたユティに声をかけた。

「ユティ殿」

『返事。呼んだ？』

「すまないが、少しの間こちらに飛んでくる攻撃を一人で対処してもらえないか？」

『……了承。ただし、この数を長時間捌《さば》くのは無理』

「大丈夫だ。すぐに終わる」

オーディスはそう言うと、すぐに魔力を練り始める。

すると、オーディスに呼応するようにメルルの宇宙船の外に魔力球が出現し、それは徐々に大きくなっていった。

その様子をユティは砲撃を撃ち落としながら眺めていた。

「驚愕。すごい魔力……これが『魔聖《ませい》』……」

メルルもオーディスの集中を妨げないよう、より慎重に宇宙船を操作し、被弾を回避し続けた。

そして――――。

「――――【滅魔《めつま》】」

オーディスが静かに目を開け、そう唱えた瞬間、すでに巨大な塊となっていた魔力は一気に収縮し、宇宙船の群れが多く存在する方向に向けて放たれた。

収縮したことで極小となった魔力の塊は、クローン兵どころかドラゴニア星人の宇宙船にすら気付かれることなく、難なく群れの中心に到達する。

「爆《は》ぜろ」

その瞬間、収縮していた魔力が一気に爆発し、魔力の塊は破壊の権化《ごんげ》となって周囲の宇宙船をことごとく消し飛ばした。

その余波はすさまじく、遠く離れたメルルの宇宙船にも、さらには敵との戦闘中だったウサギたちにまで猛烈な衝撃を与える。

そのあまりの衝撃の大きさに、ウサギから苦情の声が届いた。

《おい、オーディス！ そんな滅茶苦茶《めちゃくちゃ》な魔法を放つなら一言よこせ！》

『そうよ！ 巻き込まれるところだったでしょ⁉』

口々に文句を告げるウサギたちに対し、オーディスは宇宙船内で膝をつき、荒い息を整えながら返事をした。

「はぁ……はぁ……無事だったのだから……いいではないか……」

『ちょっと、大丈夫？ やっぱり無茶したんじゃない？』

「当然だ……あんなもの、何発も撃てるか……だが、だいたいの宇宙船は片付けたぞ？ あとは……任せてもいいな……」

《……フン。面と向かって文句を言いたいところだが、今は休め。ただし、すべてが終わったら覚えていろよ？》

「フッ……嫌だね――」

「『師匠！』」

ついに耐えきれず、その場に倒れ伏すオーディス。

すぐにルリたちが駆け寄り、抱きかかえると、メルルは操縦しながら指示を出した。

〈向こうに簡易ベッドがあります。そちらにはメディカル機能も搭載されているので、ぜひそこで寝かせてください〉

「わ、分かった！」

メルルの指示通りベッドまでオーディスを運ぶルリたち。

その姿を見送りつつ、メルルはより一層気を引き締めた。

〈オーディスさんのおかげで一気にドラゴニア星人の戦力を削《そ》ぐことができました。ただ、これで完璧にドラグーンにこちらを捕捉されてしまったようですが、同時にエイメル星の同胞たちも私の存在に気付いたはずです。あとは……ユウヤさんたちがどこまでもつか――〉

メルルは宇宙船を操り、残りのドラゴニア星人からの攻撃を避《よ》けながら、優夜たちの奮闘を祈るのだった。

＊＊＊

〈馬鹿な……！　ドラゴニアの精鋭たちが……部隊長であるアイツらが敗れるだと⁉〉

俺と戦いを続けていたドラードは、他の幹部たちが倒されたことに驚愕《きょうがく》していた。

イリスさんやウサギ師匠はともかく、ナイトのことは本当に驚いた。

いきなりオーマさんのようなすさまじい圧力を感じたので、つい視線をそちらに向けると、巨大な漆黒の狼《おおかみ》がいたのだ。

その姿には驚いたが、その狼がナイトだということはすぐに分かった。

どうやらナイトも何らかの理由で力を解放したのだろう。この戦いが終われば、それもしっかり確認しないとな。

そのためにも、今は目の前のドラードを倒す必要がある。

今回は、先日の襲撃の時とは違い、最初から【聖王威《せいおうい》】と【聖邪開闢《せいじゃかいびゃく》】のどちらも発動させて戦うことができていた。

〈クッ……！　この力は一体何だというんだ……！〉

「【万槍穿《ばんそうせん》】！」

〈があぁっ！〉

俺の攻撃を捌きされなかったドラードは、その体に多くの傷を負う。

そして俺から距離をとると、信じられないといった様子で俺を見つめた。

〈ありえん……！　俺は一度負け、貴様を倒すために、この体にさらなる改造を施した！

だというのに……何故《なぜ》俺が押されている⁉〉

どうやらドラードは、俺に負け、船で回収された後、その肉体をさらに改造して強化したらしい。

確かに打ち合いの中で、前回よりも一撃一撃が強力になっているのを感じており、一発でも食《く》らえば大ダメージを受けることは目に見えていた。

だが、前の時以上に【聖邪開闢】の力を使いこなせるようになった俺は、ドラードを圧倒することができたのだ。

すると、俺の中にいるクロが、面白そうに声を上げる。

『ハハハハハ！　いい気味だぜ！　勝てると見下してた相手にやられるってどんな気分なんだろうなあ⁉』

「ちょっと、クロ？」

『いいじゃねぇか！　それに、オレも手伝ってやってんだぜ？　少しは感謝しろよな』

「うん、それに関しては本当にありがとう」

クロの言う通り、俺はクロに協力してもらいながら戦っていた。

というのも、【聖王威】によって強化された『聖《せい》』の力に釣り合うだけの『邪《じゃ》』の力を発動する必要があったため、クロの力を借りていたのだ。

そのおかげで、今の俺は【聖邪開闢】の能力を最大限まで引き出せており、そこに賢者さんの武器も合わさったことで、今の俺はドラードを圧倒している。

ドラードはそんな状況は認めないと言わんばかりに頭《かぶり》を振る。

〈嘘《うそ》だ……我らドラゴニアが負けるはずない……負けるはずないのだあああ！〉

「！」

激昂《げきこう》するドラードは、それに呼応するように体からすさまじい闘気を立ち昇らせると、今までとは比べ物にならないような速度で槍《やり》を突き出す。

〈死ねエエエエ！〉

もはや理性を失い、ただ目の前の敵を殲滅《せんめつ》する兵器と化したドラード。

そんな彼に対し、俺は静かに槍を構えると、技を放った。

「【真・神穿《かみうが》ち】……！」

【聖王威】に【聖邪開闢】、それに【魔装《まそう》】まで展開した、今の俺ができる最高の一撃。

それはかつて、『槍聖《そうせい》』が使っていた【神穿ち】を遥《はる》かに凌駕《りょうが》するような……まさに神をも貫く一閃《いっせん》だった。

一瞬にして交差する俺とドラード。

俺の頬にはドラードの攻撃による切り傷が付いたものの、数瞬遅れてドラードの胴体に巨大な穴が開いた。

〈ばか……な……また、俺が負け…………──〉

ドラードは静かに倒れ伏すと、そのまま粒子となって消えていった。

「っ……はあっ！」

緊張していた息を吐き出し、思わず倒れそうになるのをこらえる俺。

すると、イリスさんたちが慌てて駆け寄ってきた。

「ユウヤ君！　大丈夫⁉」

「あ……イリスさん。大丈夫ですよ」

《フン、情けない……あれくらい余裕を持って倒さんか》

いや、ウサギ師匠……そうは言いますけどね……。

思わずウサギ師匠の言葉に反応しそうになったが、まだ戦闘中だったことを思い出す。

「そうだ！　メルルさんたちを救援しに、急いで宇宙船に戻らないと──」

〈──不愉快だ〉

「⁉」

――俺たちの耳に届いたその声は、とてつもなく重いものだった。

＊＊＊

優夜たちが宇宙でドラゴニア星人たちとの最終決戦を繰り広げている中、遠く離れた地球では、佳織《かおり》が妹の佳澄《かすみ》の夏休みの宿題を手伝っていた。

「佳澄？　そこ、間違えてますよ」

「え？　……あ、本当だ！」

夏休みもすでに終盤という中で、まだ宿題を終わらせていなかった佳澄は、佳織に泣きついたのだ。

そのことに呆《あき》れながらも、普段会えないからこそ頼られて嬉《うれ》しい佳織は、佳澄の宿題を見てあげることにしたのだ。

宿題に四苦八苦している佳澄に微笑《ほほえ》む佳織は、ふと窓から見える空を見上げた。

「……優夜さん、今頃何をしてるんでしょうか……」

それは無意識に呟《つぶや》かれた言葉だった。

　すると、その呟きを拾った佳澄は、目を輝かせる。

「お姉ちゃん？　ユウヤさんって誰⁉　もしかして……彼氏⁉」

「え⁉」

　無意識に呟いたこともそうだが、それを佳澄に拾われるとも思っていなかった佳織は酷《ひど》く狼狽《うろた》えた。

　その様子に佳澄はますます笑みを深める。

「その様子だと図星～？」

「ち、違いますよ！　ま、まだそういう関係じゃ……！」

「『まだ』～？」

「～～！　あまりからかうと、宿題教えてあげませんよ！」

「わわ！　ご、ごめんなさ～い！」

　佳織が佳澄から顔を背けると、佳澄は慌てて謝る。

　しかし、すぐに興味がある様子で佳澄は続けた。

「ねぇねぇ、お姉ちゃん。そのユウヤさんってどんな人なの？」

「え？」

「お姉ちゃんって世間知らずだし、もしかしたら悪いヤツに騙《だま》されてるかもしれないじゃん！」

「せ、世間知らずって……」

佳澄の言葉に佳織はつい苦笑いを浮かべるも、事実あまり世間のことを知らないため、言い返すことはできない。

「で、どうなの⁉」

「そ、そうですね……すごく優しい方です」

佳織はそう答えながら、初めて優夜と出会った時のことを思い出していた。

「数か月前……私が数人の男性に絡《から》まれていたとき、他の人たちが見て見ぬふりをする中、優夜さんだけが勇気を出して私を助けてくれたんです……」

「優しい人なんだね！」

「そんな優しい優夜さんに少しでも恩返しがしたくて、うちの学園に誘うことにしたんです。今となっては、学園で一番私と仲良くしてくれる、大切な存在です……」

「ふ～ん」

「はっ⁉　な、なんですか、佳澄！」

「べっつに～？」

ニヤニヤと笑う佳澄に佳織はすぐさま反応する。

だが、その表情を止めない佳澄に、やがて佳織も呆れたようにため息を吐《つ》きつつ、再度窓から見える空を見上《や》げた。

「（もうすぐ夏休みも終わりますし……早く会えるといいな……）」

そんなことを考えながら、姉妹の日常は過ぎていくのだった。

＊＊＊

平和な時間が流れる地球から遠く離れた大宇宙を舞台に、奮闘を続けていた優夜たちだったが、そんな優夜たちに向けて突然放たれた、何者かの声。

その声の重さに俺たちだけでなく、イリスさんやウサギ師匠までもが、声を耳にしただけで押し潰されそうになる。

「な、何よ……これ……！」

魔法を使って足場を作っていなければ、このまま宇宙の果てまで叩《たた》き落とされそうな……そんな圧力だった。

この感じは、まさに『邪』の究極完全態となったアヴィスと対峙《たいじ》した時に、よく似ている。

ただ、その時と大きく異なるのは、ドラゴニア星人たちが、アヴィスを圧倒したシエルの攻撃をも無効化する技術を持っているということだ。

つまり、アヴィスの時のようにシエルたちが倒してくれるということは望めない。

何とかのし掛かる圧力に逆らいながら顔を上げると、ドラゴニア星人の母艦であるドラグーンが、俺たちの方に船首を向けていた。

そして、その先頭には一人のドラゴニア星人の姿が。

そのドラゴニア星人は今まで戦ってきたドラゴニア星人の誰とも違う、立派な角を持ち、まるで王族のような衣服に身を包んでいた。

そんな彼は、冷徹に俺たちを見下ろしながら、さらに言葉を続けた。

〈貴様……誰の許可を得て、余を見ている？　ひれ伏せ〉

「ぐぅっ⁉」

またさらにのし掛かる圧力。

それは重力を何百倍にまで高めたような圧力で、そんな力が俺たちの頭上から加えられ続けていた。

俺は何とかその圧力に耐えるよう、魔法で作った足場に槍を突き立てた。

すると突然現れた目の前のドラゴニア星人は、興味深そうに笑う。

〈ほう？　余の言葉の重圧に耐えるか……よかろう。その小さな抵抗に免じて、貴様らに

余の高貴な名を耳にする栄誉を与える〉

どこまでも不遜な態度で告げるドラゴニア星人は、俺やメルルさんの宇宙船、そしてエイメル星に向けて、言い放った。

〈余はドラコ三世である。不遜な者どもよ……死ぬがよい〉

「っ⁉　【天聖斬《てんせいざん》】……！」

嫌な予感を抱いた俺は、すぐに全力で、【天聖斬】を放った。

すると次の瞬間、俺たち目掛けてドラグーンから、今まで見てきたどの砲撃よりも、巨大な一撃が放たれた！

その一撃に俺の全力の一撃がぶつかると、しばらく拮抗《きっこう》した様子を見せたが、完全に相《そう》殺《さい》することはできず、巨大な砲撃が周囲に四散した。

「ぐっ⁉」

「きゃあっ！」

《くっ！》

その衝撃はすさまじく、遠く離れたメルルさんの宇宙船も吹き飛ばされないよう必死に耐えていた。

それに対し、間近でその衝撃を受けた俺たちは大ダメージを受ける。

特に俺は、攻撃を止めるために全力を出したこともあって、すでに全身に力が入らなくなっていた。

そんな光景に、ドラコ三世は再び興味深そうに声を上げた。

〈ほう？　余のドラグーンの一撃を防ぐか〉

「っはぁ！　はぁ！　はぁ！」

「ユウヤ君⁉」

イリスさんが慌てて声をかけてくれるが、それに応えるだけの余裕が今の俺にはなかった。

それほどまでに全力で迎え撃ったため、次に同じ攻撃が放たれれば、もう防げる自信はない。

前回、ドラードが放った砲撃を吸い込んだ【暴食の掃除機】であっても、この攻撃は吸い込めないだろう。それほどの威力を確信していた。

少しでもドラコ三世が次の行動に移す前に、息を整えようとする俺だったが、ドラコ三世はそんな俺を嘲笑《あざわら》うように続けた。

〈もう一度同じ攻撃をしてもいいが……さらなる絶望を与えれば、貴様らも生きることを諦めるだろう？〉

「な――――」

なんと、先ほど放たれたものと同じ規模のエネルギーが、竜をかたどったドラグーンの船首にあるメインの砲門だけでなく、他の砲門にも集まっていくのだ。

これこそ、絶望そのものだった。

さっきの一撃は防げたとしても、二度目は防げない。

その上、先ほどと同じ規模の攻撃が、同時にいくつも飛んでくるなど、悪夢以外の何ものでもない。

あまりの状況に、俺だけでなくイリスさんやウサギ師匠も呆然《ほうぜん》とすることしかできなかった。

〈多少の余興にはなったな、有象無象よ。では……さらばだ〉

ドラコ三世の言葉と同時に一斉に放たれる砲撃。

もはや避《よ》ける術《すべ》も、防ぐ術もなく、このまま消し飛ばされる……その瞬間だった。

「……え？」

俺の腕に装着されていた腕輪が眩《まばゆ》い光を放ち始めたのだ！

ひと際眩《きわまぶ》しい光が辺りを包み、俺はつい目を閉じてしまう。

光が収まったことを感じつつ、恐る恐る目を開けると、俺は目の前の光景に唖然《あぜん》とした。

「な……な……⁉」

『契約者の危険を感知――――起動、完了。決戦ゴーレム、始動します』

そこには、白銀の巨人が立っていたのだ。

まるで騎士のように洗練されたフォルムで、手には剣と盾が握られ、俺たちを庇《かば》うように盾を突き出して、ドラグーンから放たれた砲撃から俺たちを守ってくれている。

いきなり現れた謎の巨人に、ドラコ三世は目を見開いていた。

〈馬鹿な……大いなる巨人だと⁉　どこでそれを⁉〉

残念ながらドラコ三世の言ってる意味も分からなければ、俺だってこの巨人が何なのか分かっていない。

ただ、この巨人はおそらく、あの神殿のような場所で受け継いだ、賢者さんの遺物なのだろう。

まさか、賢者さんの言ってた、地球で知った心躍る概念って……巨大ロボのこと——⁉

俺と同じように呆然と巨人を見上げていたイリスさんたちは、正気に返ると俺に視線を向ける。

「ちょ、ちょっと、ユウヤ君⁉　これってユウヤ君のものなの⁉」

「そ、そうみたいですね……」

「そうみたいですねって……どこで手に入れたのよ⁉」

「えっと……ここに来る前に寄った、神殿で手に入れた賢者さんの遺物が、どうやらこれみたいです……」

「嘘《うそ》でしょ⁉」

《……イリス。信じられない気持ちは分かるが、ユウヤのことだからな。諦めろ》

「どういう意味ですか⁉」

俺だって完全に予想外だったんですよ！

確かに、あの神殿で扉を開いたとき、何か巨人みたいなのが俺に倒れ込んでくる幻影を見たけど……手元に残っていたのは腕輪だけだったし、結局のところ気のせいだと思っていたのだ。

それが、こういう形で出現するとは……。

しかも、あのドラグーンから放たれた砲撃のすべてを、完璧に防いでくれているのだ。

改めて目の前に出現した騎士を見つめていると、騎士はそれに合わせて俺に顔を向けてきた。

『契約者を確認。搭乗を許可します。搭乗しますか？』

「へ⁉　乗れるの⁉」

『肯定。先ほどは自動防衛システムを起動しましたが、契約者による操縦が基本となっています』

「な、なるほど」

見た目も非常にカッコいいが……どうやら俺も知ってるくらい有名な、あの巨大ロボットみたいなものらしい。け、賢者さん、何してるんですか？　もしかして、地球に来たとき、それらの作品を見て、ノリで造ったとか言いませんよね？

『ちなみにですが、私は製作者であるゼノヴィスが、地球のサブカルチャーに触れた結果、生み出されたゴーレムです。本人はゴーレムではなくロボットだと言い張っていましたが』

「本当にそうだった⁉」

やっぱり賢者さんが地球に来た際に、そこで触れたロボット系の作品からインスピレーションを受けて、このゴーレムとやらを造ったんだろう。

何やってるんですか？　賢者さん……。

『それよりも、どうしますか？　搭乗しますか？』

「えっと……」

俺がふとイリスさんたちに視線を向けると、唖然とした様子で俺たちのやり取りを見ていたようだったが、俺の視線に気付いた二人は力強く頷《うなず》いた。

「行ってらっしゃい、ユウヤ君！　このゴーレムの力を使わないと、どのみちこの戦況は乗り切れないわ！」

《正直、俺はまだ混乱しているが……それでも乗るべきだ……本当に混乱が止まらないが……》

「ユウヤ君のことなんだから、もう今更でしょ？　それに、見てよ、あの素材。どう見てもオリハルコンじゃない。物理耐性も魔法耐性も最高峰よ？」

《オリハルコンだと⁉　あの超希少素材の⁉》

「ええ。もう希少って言葉が馬鹿らしくなるくらい、全身オリハルコンで造られてるみたいだけどね」

……なんかこれ以上聞いてると追加情報で混乱しそうなので、俺はひとまずこの巨大騎士に乗ることにした。

『契約者の意思を確認。転移します』

「うお⁉」

突然俺の足元に魔法陣が現れたかと思えば、次の瞬間には俺は不思議な空間に立っていた。

そこにはロボットアニメに出てくるような操縦席や機械が並んでいるわけではなく、純粋に広い空間が広がっている。

ただし、その目の前には外の景色が映っており、俺……というより、この騎士を目にして呆然としているドラコ三世の姿も見える。

周囲を見渡していると、正気に返ったドラコ三世が声を上げた。

〈ククク……クハハハハハ！　やはり余こそ世界の覇者に相応《ふさわ》しいのだな⁉　ここで伝説の大いなる巨人を目にするとは！　奴《やつ》を倒し、大いなる巨人を余のものとする！〉

なんとこの騎士を奪い取ると宣言すると、再びドラグーンの砲門にエネルギーが集まり始めた！

「や、ヤバい！　どうすれば⁉」

『落ち着いてください。操縦方法ですが、搭乗者が実際に体を動かすことで、この機体を操作することができます』

とりあえず、この騎士の言葉に従うように腕を動かしたりしてみると、それに連動する形で巨人も動いた！

思わずそれだけのことで感動していると、声がかけられる。

『感動されるのは結構ですが、相手の攻撃を阻止しなくてもよろしいのでしょうか？』

「そ、そうだった！　えっと……こうか！」

動き方を確認し終えた瞬間、ドラグーンからエネルギー砲が放たれた！

〈我がドラグーンの威光にひれ伏すがいい！　ハハハハハ！〉

ドラコ三世の嘲笑が響き渡る中、俺はいつも【全剣《ぜんけん》】を振ってるときと同じ感覚で剣を振るった。

すると……。

〈なっ⁉〉

騎士の剣は容易《たやす》くドラグーンからの砲撃を斬り裂いた。

そのことに驚いていると、騎士から声がかかった。

『私は契約者の魔力により、稼働《かどう》しています。そのため、現在の契約者の魔力量を考慮したところ、後三分が活動限界といったところでしょう』

「そうなの⁉」

どこぞのロボットものかと思えば、活動時間は特撮ものですか。

でも、こんなに巨大な騎士を俺の魔力だけで三分も動かせること自体がすごいって考えるべきか？　普通に考えたら一瞬で魔力が枯渇《こかつ》しそうだもんな。

そんなことを考えつつ、俺は騎士の言葉を信じ、三分という活動限界を迎える前に、目の前のドラグーンを倒すことを決意した。

すると、ドラコ三世は慌てて指示を出す。

〈う、撃て！　とにかく砲撃を重ねろ！　これ以上、絶対に近づけるな！〉

ドラコ三世の言葉に呼応するように、ドラグーンだけでなく、他のドラゴニア星人の宇宙船すべてが俺の方に砲門を向け、エネルギーを溜《た》め始めた！

だが、その光景を前にしても、俺が焦《あせ》ることはなかった。

「はあっ！」

〈な、なにぃ⁉〉

これだけ巨大であるにもかかわらず、何とこの騎士は俺が動く通りに、俊敏に躍動するのだ。

しかも、俺が【聖王威《せいおうい》】や【聖邪開闢《せいじゃかいびゃく》】を併用すれば、その効果も騎士の攻撃に反映されるみたいだ。

その結果、この騎士はとんでもない速度で宇宙を縦横無尽に動き回ることができた。

ドラグーンを狙い、まっすぐ突き進む俺に対し、他のドラゴニア星人の宇宙船が盾になるように次々と襲い掛かるが、俺は足を止めない。

「【無双乱舞《むそうらんぶ》】！」

『剣聖《けんせい》』の技すらも巨大な騎士の動きに反映され、近づく宇宙船はすべて斬り落とされていった。

そして、ついにドラグーンの元にたどり着く。

〈馬鹿な……これが、大いなる巨人の力だと？　何故《なぜ》その力が余のものでない！　それは、余が……余のためのものだあああああ！〉

ここにきて一番のエネルギー量を誇る攻撃が、ドラグーンの船首から放たれた。

強大な攻撃を前に、俺は冷静に剣を上段に構えた。

そして――――。

「――――【天聖斬《てんせいざん》】！」

全身全霊の一撃を振り下ろすと、ドラグーンから放たれた砲撃は斬り裂かれ、そのまま猛烈な威力を誇る剣閃《けんせん》が、ドラグーン本体へと迫る。

〈や、やめろ……余は……余はこんなところでええええええええええ！〉

直後、巨大な爆発が起こった。

俺はすぐにイリスさんたちやメルルさんの宇宙船を守るように盾を構え、爆発による衝撃波を防ぐ。

「……勝てたのかな……？」

振動が収まり、盾の向こうを確認すると、もはやドラゴニア星人の宇宙船団は跡形もなく消え去っているのだった。

エピローグ

無事、ドラゴニア星人たちを倒した俺たち。

すべてのドラゴニア星人たちが消えたことを確認すると突然、操作していた巨大な騎士が光り始めた。

「な、なんだ⁉」

『活動限界に達しました。これにより、召喚が解除されます』

「あ……」

そんなアナウンスが聞こえた後、そのまま騎士は消え、俺は宇宙空間に放り出されてしまった。

幸い、メルルさんのおかげで宇宙空間に適応できるようになってはいたが……そうじゃなかったらと考えると恐ろしいな……。

「ユウヤ君！」

「イリスさん！」

つい呆然《ぼうぜん》としていると、イリスさんとウサギ師匠が駆け寄ってくる。

「ユウヤ君、大丈夫⁉　ケガはない⁉」

「だ、大丈夫です！　大丈夫ですから！」

イリスさんは駆け寄ってくるや否《いな》や、俺の体をあちこち触り、ケガがないか確かめてきた。心配してくれるのは嬉《うれ》しいが、恥ずかしいな……。

するとそんなイリスさんに対してウサギ師匠が呆《あき》れた様子で呟《つぶや》いた。

《何を心配している。ユウヤなら大丈夫に決まってるだろう？》

「ちょっと、ウサギ！　確かにあのとんでもないゴーレムに乗ってたわけだし、大丈夫かもしれないけど、アイツのヤバさは身に染《し》みて分かったでしょ？」

《フン……確かに、奴らの親玉というだけあり、格が違ったな》

ウサギ師匠の言う通り、ドラコ三世からはドラードや他の幹部たちとは比べ物にならないほどのすさまじい迫力を感じていた。

ドラコ三世本人と直接戦ったわけではないが、ただ言葉を発するだけでこちらを押し潰すような威圧感は、アヴィスと対峙《たいじ》した時並みだった。

それに、ドラゴニア星人の母艦であるドラグーンのエネルギー砲もとんでもない代物だった。もし賢者さんから託された巨大騎士の力がなければ、確実に負けていただろう。

ついそんなことを考えて体を震わせていると、ウサギ師匠が真剣な表情で告げた。

《それにしても……賢者の遺物はとんでもない代物だな。あんな巨大なゴーレムを造り上げていたとは……》

「しかもオリハルコン製って滅茶苦茶《めちゃくちゃ》よねぇ……」

分かってはいたけど、やっぱり賢者さん、滅茶苦茶なんですね……。

しかもそんなとんでもない物を造った背景が、地球に転移した時にサブカルチャーに触れて、自分も造ってみたくなったからって……軽いノリでやりすぎだと思います。

それに、ドラコ三世は大いなる巨人とか、色々と意味深なことを口にしていたけど……

あの騎士を造り上げた後、賢者さんは宇宙で何かしたんだろうか？

……賢者さんのことだし、試運転だとか言って、星一つ救ってても驚かないけどね。

あの騎士は、俺の腕輪の中に消えていったみたいだが……今は色々と教えてくれた騎士の声も聞こえないし、腕輪が反応する様子もなかった。

腕輪を見つめていると、メルルさんの宇宙船がこちらにやって来る。

〈皆さん！　大丈夫ですかー⁉〉

「あ、メルルさん！　こっちは大丈夫——」

そう言いかけた瞬間だった。

近づいてきたメルルさんの宇宙船と俺たちを囲むように、ドラゴニア星人たちとは違う、また別の宇宙船団が出現した！

《動くな！　お前たちは何者だ⁉　それに先ほど現れた大いなる巨人はどこへ行った⁉》

おそらくエイメル星から来たと思われる、宇宙船団からそう声が流れてきた。

確かに、エイメル星の近くまでやって来たはいいものの、すぐにドラゴニア星人たちと戦い始めたわけだしな……。

「……なんだか物騒ね」

《まあ仕方あるまい。こちらから名乗りを上げることなく戦闘を始めたからな》

ウサギ師匠の言う通り、エイメル星の人たちからすれば、俺らが敵か味方かの判断がつかないのだろう。

囲むような形で宇宙船団から砲門を向けられている状況に、つい両腕を上げて敵意がないことをアピールしていると、メルルさんが宇宙船から顔を出した。

〈お父さん、やめてください！　この方々は私の仲間です！〉

《なっ……メルル⁉》

「え、お父さん⁉」

俺の驚きの声と同時に、宇宙船団から聞こえてきた声も驚いた様子を見せるのだった。

＊＊＊

〈おお……あなた様が、大いなる巨人の使徒様……！　ありがたや……ありがたやぁ……！〉

メルルさんのおかげでなんとか誤解を解くことができた俺たちは、そのまま宇宙船団に先導される形で、エイメル星へと招かれた。

今回の戦いや、ドラコ三世との戦闘の際の衝撃で、すでにボロボロだったメルルさんの宇宙船だが、俺の家を修理した時と同じくナノマシンとやらでここに来るまでの間に修理を済ませ、無事エイメル星に着陸することができたのだ。

エイメル星は、地球と空の青さこそ同じであるものの、太陽のようなものが三つ浮かんでいたり、建物がどれも宙に浮いていたりしている。

それに空飛ぶ車のようなものがいくつも宙を飛び交っており、地球も技術が進歩すればこうなるのかなぁなんてつい考えてしまう。

そんな星の中でも、ひと際《きわ》大きな建物に案内された俺たちは、そこでメルルさんと同じように、髪から青い燐光《りんこう》を散らしている一人の男性に頭を下げられることになったのだ。

「お、お願いですから顔を上げてください！　俺は別にそんな偉い存在じゃないですから！」

〈なんと謙虚なお方なんだ……これぞまさに、英雄に相応《ふさわ》しきお方……！〉

「ですから、英雄なんかじゃないですって……！」

俺が否定すればするほど、何故かエイメル星の人たちは目を輝かせ、俺に対して頭を下げてきた。どうすりゃいいの！

必死にエイメル星の人たちの対応をしている俺をよそに、オーディスさんたちは物珍しそうに周囲を見渡している。

「これがメルル殿の故郷か……この星にも魔力は存在するようだが、どうやら科学と呼ばれる技術の方が多用されているみたいだな……」

「ユウヤ君のチキュウ？　って世界も十分すごかったけど、ここも私たちの世界とは全然違うのねぇ。それよりも、オーディスはもう体は大丈夫なの？」

「ああ。少し無茶をしたが、この星の技術で回復させてもらえたよ」

《……魔法を使わずとも一流の科学技術でそれを補えるということだな。やはり世界は広い……》

「でも、何で髪が光ってるんだろう？」

「でも、何で髪が光ってるんだろうね」

「魔力かな？」

「魔力だね」

〈ルリさんたちの言う通り、私たちは、髪に魔力を蓄えているんです。ただ、普段の生活で魔力を使うことはありませんね……科学技術で何でも便利にできてしまうので……〉

「なるほど、すごいね？」

「うんうん、すごいね」

俺の後ろでそんな会話が繰り広げられていると、ようやく落ち着いてくれたエイメル星の男性が頭を下げた。

〈すみません、つい興奮してしまい……〉

「い、いえ、大丈夫ですよ」

〈私はこの星の代表を務めております、マルルと申します。娘のメルルが大変お世話になり、その上ドラゴニア星人たちも倒してくださって……本当に感謝してもしきれません。ありがとうございました〉

《ありがとうございました！》

なんと、俺の対応をしてくれていた方がメルルさんの父親のマルルさんで、しかもエイメル星の代表だったらしく、改めて他のエイメル星の人たちと一緒に頭を下げてくる。

「俺も、力になれたようで、本当に良かったです」

〈なんと……本当に寛大なお心の持ち主だ……まさに伝説の通りだ……〉

「伝説？」

マルルさんの言葉に気になる単語があったため、つい訊《き》き返すと、マルルさんは一つ頷《うなず》く。

〈はい。この宇宙には、昔からある伝説が語り継がれているのです。それは、大いなる巨人を操る使徒が、宇宙に平和をもたらすというものでして……〉

「は、はぁ……」

どう考えても賢者さん絡《がら》みの伝説なんだろうけど、宇宙に平和をもたらすってどんだけすごいんだ？

〈遥《はる》か昔に勃発した宇宙戦争において、大いなる巨人が活躍したことで戦争が終結したという言い伝えがあるのです。ドラゴニア星人たちの攻撃に苦しめられていた私たちは、大いなる巨人による救いを祈っていたのです〉

「な、なるほど……」

話が壮大過ぎて、正直実感が湧かないが、賢者さんならあり得るかと、つい納得してしまった。オーマさんもマルルさんの話を聞きながら、少し呆れてるし。

『あやつは……あの世界では飽き足らず、外の世界でも暴れておったのか。まったく、我のことを言えんだろうに……』

結果として宇宙の平和をもたらしている賢者さんだが、オーマさんの言う通り、賢者さんもなかなかやりたい放題だったんだな。

オーマさんの言葉に思わず苦笑いしていると、マルルさんが目を輝かせる。

〈さて、使徒様。これからのことですが、ぜひとも宇宙が平和になったことを祝う祭典に参加していただきたい！〉

「へ？」

〈すでに仲間の星々には通達してありますゆえ、祭典はいつでも開催できます！　これほど目出度《めでた》いことはないですし、十年は祭りを続けさせていただければと！〉

「十年⁉」

なんだそのぶっ飛んだ期間は！

ついマルルさんの言葉に驚いていると、マルルさんは不思議そうに首を傾《かし》げた。

〈はて、何かおかしなことを言ったでしょうか？　宇宙が平和になったことを考えると、十年でも短いとお思いかもしれませんが、それぞれの仲間の星たちにも様々な事情がありますからな。それに、ドラゴニア星人の跡を継ぐような輩《やから》が出てくるやもしれませんし……〉

「そ、そうではなくてですね！　十年も滞在するのは無理です！」

何ならもう夏休みも終わるので、学校の準備もしないといけないし、神楽坂《かぐらざか》さんを迎えに行ったり、やることは色々あるのだ。

だが、マルルさんは何故《なぜ》か目を見開いた。

〈なんですと⁉　祭典は十年と言いましたが、使徒様にはこの星に永住してもらうつもりなのですが……〉

「いやいやいや、困りますよ！」

まさかの永住まで希望されるってどうなってるんだ！

俺が本気で困っていると、マルルさんは難しい表情を浮かべながら、他のエイメル星の方々と会話を始め、途中でメルルさんも呼び寄せた。

その間に俺はイリスさんたちの元に移動する。

「ど、どうなると思いますか？」

「うーん……さすがに無理やりこの星に留《とど》めさせる、なんてことはないと思うけど、もしそうしてきたときは……ちょっと痛い目を見てもらうことになるかもしれないわね」

「ええ⁉」

「せっかく助けたのにね？」

「せっかく助けたのにね」

ルリたちの言う通り、元々メルルさんからのお願いでここまで来たのに、そんなことになるなんて本末転倒すぎる！

でも、エイメル星の人たちと衝突したところで、ここから帰る手段もないのだ。俺たちには宇宙船を操縦する技術もないし、あの騎士が使えるのも三分だけ。

それに、ここに来るまでにワープ機能も使ってきたわけだから、そう簡単には帰れないだろう。

……もしかして、転移魔法を使えば、皆《みんな》を連れて帰れたりするんだろうか？

そんなことを思っていると、話し合いが済んだのか、メルルさんたちが戻って来た。

〈使徒様。非常に残念ではありますが、使徒様の事情もあるでしょうし、無理は申しません。また、もしこの星に来ていただくことがあれば、その時はどうかゆっくりしていってください〉

「そ、それはもちろんです！」

現状、移動手段はないけど、また来れるのであれば今度は観光したいしね。

そんな風に考えていると、マルルさんは満足そうに頷いた。

〈ありがとうございます。では、また使徒様の故郷まで、娘のメルルに案内させましょう〉

〈……はい。無事、送り届けてまいります〉

神妙な面持ちでそう告げるメルルさんだったが、何故か妙に頬が赤い。何かあったんだろうか？

「？　メルルさん、どうかしました？」

〈い、いえ！　なんでもありません！　早速出発しましょう！〉

「は、はい」

なんだか誤魔化された気もするが……マルルさんとの会話で何かあったのかな？

そんなことを思いつつ、俺たちは改めてメルルさんの宇宙船に乗り込むと、そのままエイメル星を出発するのだった。

＊＊＊

優夜《ゆうや》がエイメル星の人たちとの衝突を心配しているころ、マルルに呼び寄せられたメルルは不安な表情を浮かべていた。

〈あの、お父さん……ユウヤさんたちをどうするつもりですか？〉

〈どうするのかだと？　もちろん、この地に一生留まってもらうに決まっている〉

〈それはダメです！　彼らには彼らの生活があるんですよ⁉〉

〈だが、宇宙に平和をもたらした使徒様を、もてなさないわけにはいかんだろう〉

マルルの言葉に同調するように頷く他のエイメル星人たち。

しかし、メルルは毅然《きぜん》とした態度で告げた。

〈それは、私たちの都合でしかありません。ここまで、対天体殲滅《せんめつ》兵器の設計図を手に入れられたのも、ドラゴニア星人を撃退できたのも、すべてユウヤさんたちが善意で助けてくれたからです！　それなのに、それを仇《あだ》で返すと言うんですか⁉〉

〈……どうせ彼らには宇宙の移動手段がないだろう？　となれば、我々の言うことを聞くほかない。それに、何も傷つけようと言ってるのではないのだぞ？　この星で不自由なく暮らせるように手配するつもりなのだから〉

〈そうやって私たちの都合だけを押し付け、脅すのは、私たちの敵だったドラゴニア星人と一緒です〉

〈！〉

メルルにまっすぐ見つめられ、そう告げられるエイメル星人たち。

〈私は彼らに助けてもらいました。今度は私が助ける番です。もし、お父さんたちが彼らを無理やりにでもこの星に留めさせるというのなら、私は宇宙船を奪ってでも彼らを故郷の星へ送り出します！〉

〈……〉

マルルとメルルはしばらくの間見つめあった。

すると、マルルはため息を吐《つ》き、視線を外した。

〈はぁ……その気の強さは一体誰に似たんだか……〉

〈……〉

〈……分かった。そこまで言うのなら、彼らを帰そう〉

〈！〉

〈マルル様⁉〉

〈ただし！〉

驚くエイメル星人たちを手で制しつつ、マルルは続けた。

〈メルル。お前に任務を与える〉

〈え？〉

予想外の言葉に固まるメルル。

だが、そんなメルルをよそに、マルルははっきりと告げた。

〈お前は使徒様と仲を深め、その遺伝子を頂戴してくるのだ〉

〈なっ⁉〉

まさかの言葉に、メルルは驚くと同時に、頬を赤く染めた。

〈そ、それはどういう……！〉

〈そのままの意味だ。使徒様もいずれは寿命で亡《な》くなるだろう。だが、我らがエイメル星の遺伝子を持つ子孫が使徒様の遺産を受け継ぐことになれば、あの大いなる巨人も必然的にエイメル星のものとなる。それに、お前と使徒様が仲を深めれば、考えを改め、お前の故郷であるこの星への移住も決意してくれるやもしれんからな〉

〈そ、そんな……〉

〈言っておくが、これが認められぬというのなら、彼らをこの星から出すつもりはないぞ〉

マルルの言葉につい黙ってしまうメルル。

メルルは、今までの優夜との行動を思い返し、顔が熱くなるのを感じながら、最後は頷いた。

〈……分かりました。何とか、ユウヤさんとの仲を深められるよう、頑張ります……〉

〈うむ。期待しているぞ〉

——こうして、優夜の知らない場所で、大きな話が進んでいくのだった。

＊＊＊

「無事、帰ってこれた……！」

メルルさんの宇宙船に乗り、何事もなく地球に帰って来た俺たち。

宇宙船から降りると、イリスさんが不思議そうな感覚で地面を踏みしめていた。

「何て言うか、地面があるの、変な感じがするわね」

イリスさんの言う通り、宇宙を航行している間は、ほとんどが宇宙船内か、魔法を足場にしての移動だったため、こうして歩ける地面があるというのは不思議な感じがした。

あれだ、船に乗ってて、降りた後みたいな感覚に近いかも。揺れてないのに揺れてるみたいな……。

俺もついつい足場を確認していると、オーディスさんは首を鳴らしながら宇宙船から降りた。

「ふぅ……さすがに疲れた。私はもう我が家に帰るぞ」

「ええ⁉　師匠、もう帰るのー？」

「師匠、帰るのは早いと思うよ」

ルリたちがそう抗議するも、オーディスさんは首を振る。

「何と言おうが、帰る。ユウヤ殿たちにも用事があるんだ。それに、イリスたちもだぞ」

「え、私も⁉」

「……一応訊《き》いておくが、私以外の『聖《せい》』たちに、『邪《じゃ》』が滅びたことはちゃんと説明してあるんだろうな？」

「あ……」

《……してないな》

オーディスさんの指摘に、イリスさんもウサギ師匠も気まずそうに視線を逸《そ》らした。

そんな二人にため息を吐きつつ、オーディスさんは続ける。

「はぁ……まあいい。その報告もせねばならんが、あの世界にも邪獣《じゃじゅう》はまだ残っているのだろう？　私たちの仕事は終わってないぞ」

《フン……オーディスの言う通りではあるが、今まで引きこもっていて『邪』の復活すら知らなかったお前にだけは言われたくはないな》

「……その件に関しては私も悪いと思っている。だからこそ、これからは『聖』としてちゃんと責務を全うするつもりなのだ。とはいえ、一人では限界がある。二人やルリたちにも手伝ってもらうぞ」

「「はーい」」

「うぅ……本当はずっとこっちの世界に……ユウヤ君と一緒にいたいけど……仕方ないわね……」

イリスさんは最後まで渋ってる様子だったが、オーディスさんとウサギ師匠に引っ張られ、異世界へと向かった。

「では、ユウヤ殿。また何かあれば、ウサギやイリスを通して連絡をくれ」

「ユウヤ兄、またね？」

「ユウヤ兄、またね！」

「うー……ユウヤ君！　またすぐに来るから！」

《行かせるか、馬鹿者……ユウヤ、また会いに来るぞ》

それぞれ挨拶を済ませると、皆は異世界へと帰っていくのだった。

全員を見送ると、残ったメルルさんに声をかける。

「メルルさん、ここまで送り届けてくださり、ありがとうございました！」

〈い、いえ。ユウヤさんたちは私たちを救ってくださったんですし、これくらい当然で

す〉

若干頬を赤く染めながら、メルルさんはそう答えると、頭を下げた。

〈では、私ももう行きますね〉

「はい！　いつでも遊びに来てください！」

「首肯。待ってる」

「わふ！」

「ふご」

「ぴぃ！」

『ふん……』

それぞれがメルルさんに挨拶をすると、メルルさんは穏やかに微笑《ほほえ》んだあと、苦笑いを浮かべる。

〈まあ……少し地球に用事ができたんですけどね……あははは〉

「え？　用事？」

〈ええ。でも、ひとまずはここでお別れを。では、また！〉

それだけ告げると、メルルさんは去っていった。

メルルさんがやって来てから色々とあったが、ようやく俺に、平和が訪れたのだった。

＊＊＊

優夜が地球に帰って来たころ。

異世界の【世界の廃棄場】には、『邪』を信仰している教団の面々が集まっていた。

「――ついに、居場所を突き止めたのだな？」

「はっ！　教祖様の予想通り、かの【大魔境《だいまきょう》】には一人の人間が住んでいる模様です！」

教祖と呼ばれた男に対し、信徒の一人がそう答えると、周りにいた他の信徒たちもざわつき始める。

「まさか、本当に【大魔境】に……」

「しかし、それくらいでなければ、我らの神が敗れるはずもない……」

「だが、一体何者なのだ？」

様々な憶測が飛び交う中、教祖は冷静に報告をした信徒に尋ねる。

「それで、その人物についての詳細な情報は手に入れられたのか？」

「はっ！　調査したところ、若い男であることに間違いはないようです。ただ、この大陸の人間かどうかは怪しく……」

「それはどういうことだ？」

「調べたところ、テンジョウ・ユウヤという珍妙な名前だそうでして……」

「なるほど……そのような名前、この大陸にあるどの国々でも耳にしない響きだな……」

「本当であれば、どの大陸出身なのかまで調べたかったのですが、噂《うわさ》の出所であるアルセリア王国でもそこまで多くは分かっていないようでして……」

「いや、ご苦労だった。今、我々が知る必要があるのは、【大魔境】に人間が住んでいるかどうかだ。そして、今回それが決定的となった。ならば、もはや迷う必要もあるまい」

「しかし……もし、その人物が我らの神を倒したのだとすれば、我々だけで勝てるでしょうか？」

　信徒の言葉に教祖は首を横に振る。

「いや。普通に戦えば、我らの敗北は必至だろう。しかし、今回は戦う必要もない。かつて我らの神を滅ぼした、忌々《いまいま》しい賢者の魔法があるのだ。これを使えば、その人間と我らの神の存在を入れ替えるだけで、その者と戦闘することなく我らの悲願は達成される……我らの神を否定した賢者の力が、此度《こたび》は我らの力となるのだ！」

「おお……！」

　教祖は勢いよく立ち上がると、すべての信徒を見渡す。

「諸君！　我らの神敵は【大魔境】にあり！　かの土地は非常に危険であり、無事でいられる保証は一切ない。だが、憎き神敵を消し、我らの神を復活させるためにも、諸君の命を預けてくれ！」

『我らの神のために！』

その場にいる信徒たち全員の目に、狂気的な光が灯《とも》る。

それらを見て、教祖は満足そうに頷《うなず》くと、腕を高々と突き上げた。

「行くぞ！　我らの敵……テンジョウ・ユウヤを消すために！」

——ようやく平和が訪れたと思っている優夜の元に、新たなトラブルが舞い込むのだった。

＊＊＊

異世界で邪教徒たちが新たな動きを見せる中、【王星学園《おうせい》】の理事長室に、佳織《かおり》は呼ばれていた。

「話があるとのことでしたけど、どうしたんですか？」

「ああ。実は佳織にまた転校生の面倒を見てもらいたくてね」

「え、転校生ですか？」

父である司《つかさ》からの予想外の言葉に佳織は驚くが、すぐに納得した。

「なるほど……確かにもうすぐ夏休みも終わりますし、転入にはちょうどよいタイミングなのかもしれませんね」

「そういうわけだ。それで、佳織は優夜君やユティさんの面倒も見てくれていたから、また頼みたいと思ったんだよ。どうかな？」

「はい、大丈夫ですよ！」

佳織がそう頷くと、司も安心したように微笑む。

だが、すぐに少しだけ怪訝《けげん》そうな表情に変わった。

「あの、どうしました？」

「ん？　ああ、すまない。佳織の言う通り、転入については、夏休み明けということで特別おかしいことではないんだが……少し記憶が曖昧でね。この転校生についての相談を受けたり、許可を出したりした記憶がないんだよ」

「はぁ……」

司の言葉に佳織も不思議そうに首を傾《かし》げる。

というのも、【王星学園】に他校の学生が転入してくるからには当然理事長である司にも話が通り、それを確認しているはずなのだが、そういった手続きをした記憶が司にはなかったのだ。

だが、現に司の手元には確かに自分が許可を出した転入手続きの資料があるので、自分がこの件を確認したことは間違いないと考えている。

不思議な現象に二人で首をひねる中、佳織はふと思い出した様子で訊《き》いた。

「そう言えば、転校生はどんな方なんですか？」

「ああ、この子だよ」

司から顔写真が載った資料を渡され、確認する佳織。

そして、佳織にはその写真にどこか見覚えがあった。

「あれ？　この方は……」

――その資料には、燐光《りんこう》を散らした青い髪を持つ、少女の顔が写っているのだった。

あとがき

この作品をお手に取っていただき、ありがとうございます。

作者の美紅《みく》です。

今回の第9巻ですが、色々な要素が飛び出してしまい、私自身も何故《なぜ》こうなったのか、よく分かっていません。

賢者の遺産が宇宙のとある星に隠されているなんて、当初は全く考えていませんでしたが、気が付けばこんな状況に。

そして、今回はナイトの覚醒をお披露目できましたが、まさかこのタイミングで覚醒するとは私も思っていませんでした。気付いたら覚醒してましたね。

次巻に向けて、またも不穏な気配が漂っていますが、第10巻はより一層、私としましてもどうなるか分からない展開が待っていますので、ぜひ楽しみにしていただければと思います。

さて、今回もお世話になりました担当編集者様。

今回もカッコよく、可愛《かわい》く、キャラクターたちを描いてくださった桑島黎音《くわしまれいん》様。

そして、このシリーズを楽しんでくださっている読者の皆様に、心より感謝を申し上げます。

誠にありがとうございました。

それでは、また。

美紅

富士見ファンタジア文庫

異世界《いせかい》でチート能力《スキル》を手《て》にした俺《おれ》は、現実世界《げんじつせかい》をも無双《むそう》する9

～レベルアップは人生《じんせい》を変《か》えた～

令和3年10月20日　初版発行
令和4年4月15日　再版発行

著者――美紅《みく》

発行者――青柳昌行
発　行――株式会社KADOKAWA
〒102-8177
東京都千代田区富士見2-13-3
0570-002-301（ナビダイヤル）
印刷所――株式会社KADOKAWA
製本所――株式会社KADOKAWA

ISBN978-4-04-074248-9 C0193　◆◇◇

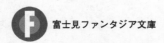

切り拓け！キミだけの王道
ファンタジア大賞
原稿募集中！
賞金
《大賞》300万円
《金賞》50万円
《銀賞》30万円
選考委員
細音啓「キミと僕の最後の戦場、あるいは世界が始まる聖戦」
橘公司「デート・ア・ライブ」
羊太郎「ロクでなし魔術講師と禁忌教典《アカシックレコード》」
ファンタジア文庫編集長
前期締切 8月末日
後期締切 2月末日
公式サイトはこちら！ https://www.fantasiataisho.com/
イラスト／つなこ、猫鍋蒼、三嶋くろね